ハヤカワ演劇文庫
〈12〉

渡辺えり子

I

光る時間《とき》
月夜の道化師

ERIKO WATANABE

JN281992

早川書房

6190

目次

渡辺えり子Ⅰ

光る時間《とき》
月夜の道化師

光る時間《とき》

登場人物

赤星次郎（70）
秋子（67）
陽子（42）
立人（40）
その妻　道子（23）
中川弘（71）
水谷修（70）
林田完治（69）
仲居　川口緑（52）
浅野太郎（18）

信州某所の温泉宿『日乃出屋』の一室。

八畳ほどの和室。正面に窓があり、その手前の板の間に小さなテーブルをはさんで二脚のイスが置いてある。板の間の隅に小型冷蔵庫がある。

和室には小さな床の間もあり、古びた掛け軸が掛かっている。

床の間には旧式のカラーテレビ。漆塗りの卓袱台《ちゃぶだい》の上にはお茶道具と名物のお菓子がのっている。

午後の三時ぐらいなのだろうが、薄暗く、蛍光灯が点《つ》いている。

正面の窓から隣接した工事現場が見えていて、それをおおった青いシートに邪魔されて、景色も見えず、光も射さない。

時々工事現場の音が響き渡る。
家族旅行でやってきた赤星家の四人がいる。
父親の次郎と母親の秋子は、ニコニコしながらお茶を飲んでいる。
息子の立人《たつと》とその姉の陽子は険悪な様子でにらみ合っている。
秋子と陽子は旅館の浴衣とハンテンに着替えている。

立人　見えないじゃないの！　紅葉紅葉って、どこが紅葉なの。ええ？　東京のマンションとどう違うのさ。
陽子　車ん中でずっと寝てるからよ。きれいだったわよ、今年の紅葉。朝晩の温度差が激しいほど、山はきれいに色付くんだって昔父さん言ってたけど、ほんと信州はいいわ。きれいだわ。あんただけよ見てないの、バァカ。
立人　徹夜だったんだよ。徹夜で仕事終わらして来たの！　忙しいんだよ俺は。
陽子　あたしだって忙しいわよ。あんたじゃないの、信州がいいって言ったの！
立人　紅葉がきれいだって言うからさ。紅葉が。秋は信州に限るって言うからさ。
陽子　箱根だったらまだ空《す》いてたわよ。草津だって、熱海だって。あんたが信州って言うから予約したんじゃない。やっと探したのよ、ここ。この一軒。急だったからよ。

あんたが急に思い付くから。
立人　急にって何よ。昨年から言ってたろ？
陽子　そうよ、でも予約しなかったじゃない。言うだけ言って、全然準備してなかったじゃないのよ。
立人　都合つかなかったんだよ、急に休みが取れたの。
陽子　じゃガマンしなさい！
立人　なんで？　なんでなの？　貯金をはたいてガンバったのに、これじゃ田舎に帰って風呂入ってた方がよっぽどゆっくりできたじゃないの。
陽子　だから沖縄にしようって言ったのよ私は。あんたがケチだから。
立人　予算てもんがあるだろ？　予算てものが。飛行機代いくらかかると思ってんの！
陽子　バカ！　ケチ！　いくじなし！
秋子　……お父さん、そろそろお風呂……。
次郎　……うん……いや、朝にする。
立人　全く、男女別の時間割り制だなんて、聞いてなかったよ。有名な温泉宿だっていうから決めたのに。
陽子　工事中なんだから仕方ないじゃない。露天風呂を広げて、新館建てるっていうんだから。人気があるのよ。
陽子　工事中でもいいってあんたが言ったのよ。キャンセルが出たからやっと取れたんだからね。
立人　こんなんで営業してる旅館があるとは思わなかったの！
陽子　……道《み》っちゃん遅いわねえ、どこ洗ってるのかしら。母さんも私ものぼせそうだったわよねえ。
立人　もったいないからギリギリまで入るんだろ？　あと十分あるからね、交替まで。
陽子　ケチなのね、夫婦揃って。
立人　ケチケチってなんだよ。だったら姉ちゃんが出せよ！　そしたら沖縄でもハワイでもニュージーランドにでも行けたんだよ。
陽子　出したじゃない半分！　こっちは一人でも半分出したんだから！
秋子　退職金の残り、まだ少しあるから、私達の分、ちゃんと出しますよ。
立人　違うよ、そういう事じゃないよ。姉ちゃんがお金のことなんか言い出すから……。
陽子　先に言ったのあんたでしょ！　何言ってんのよ！
秋子　みんな大変なの分かってるから。ねえお父さん、私達はちゃんと出しますよ。

次郎　ああ……。

秋子　ありがとう、ほんとに。初めてだものねえ、家族全員でなんて。ホラ、町内会の蔵王温泉旅行だっけ？　あれも、立《た》っちゃんと私だけになっちゃって。お父さんは学校の子供達とキャンプ行っちゃうし、……陽子はクラブの合宿でダメになっちゃって……。

立人　それ、俺の小学生ん時の話だろ？

秋子　六年生の夏休み。男風呂一人で入って、もらしちゃったのよね、大の方。木村さん、今でもうち来るとその話ばっかり。手でつかんで排水口に持ってって、水に溶かしながら、こしながら、もう大変だったって、気付かれないよう処理するの。

立人　全然覚えてないよそんなの、木村さん作ってんだよ、そんな事してないよ。

陽子　あんた昔から都合の悪いことみんな忘れちゃうから。

立人　いいんだよ、そんなことはどうだって。俺はね、情けないっていってるの。

陽子　何が。

立人　せっかく、せっかくだよ。親父の七十の誕生日にさ、せっかく奮発《ふんぱつ》して家族旅行のプレゼントって、考えてさ、……何でこうなるの？　ええ？　何で？　イライラするう、ほんとイライラするよ、こんなの。

秋子　寝てないからよ。立っちゃん、もう休んだら、布団敷こうか？
立人　そういうことじゃないって！
次郎　……やめなさい。
陽子　……え？
次郎　（秋子に）そういう話はしちゃいけないよ。
秋子　ええ？
次郎　ウンコの話。
一同　……。
次郎　お前は、食事時でもそうなんだから。昔っからそうなんだ。お前がそうだから、子供達もマネして、すぐにそういう話になる。吐きそうになるよ。実際今までに何度も吐いた。最後の頼みだ。今後、僕の前で、ウンコの話だけはしないで下さい。
一同　……。
立人　そんな話してないよ。
陽子　さっき母さんが、ほら町内会の旅行の話で。
立人　父さん、僕は、いや僕らは父さん達がね、この信州の旅をゆっくりと満喫できるよう努力したいんだよ。ささやかだけど、僕らからのプレゼントにしたいんだ。…

…僕ら四人でこんな旅行なんて、考えてみれば初めてだよね。ほんと、生まれて初めてだよ。
陽子　あたしは行ったけどね、あんたが生まれる前に、三人で仙台の桂島《かつらじま》に、海の水がしょっぱいって初めて知ったのよね、あの時。
秋子　赤ん坊の陽子抱いてあたしはずっと砂の上に座ってた。父さんはあたし達をほったらかしで、一人で沖の方まで泳いで行ったっけ。暗くなるまで私達は砂の上。母さん帽子忘れて行ったから、その日はお風呂にも入れなかった。もうそこら中ヒリヒリしちゃって、大変。あの時かしらねえ、父さんと母さん、初めてケンカしたの。
立人　悪いけど、僕の話を聞いて下さいよ。僕はこの旅を、楽しい旅にしたいんです。家族揃うの二十年振りぐらいなんじゃないかって思うんだ。
陽子　あんた、おばあちゃんのお通夜来なかったからね。あんただけよ孫で来なかったの。
立人　どうしても抜けられない仕事があったんだよ。代りの先生いなかったの、みんな都合が悪くて。
秋子　おばあちゃんは分かってますよ。立っちゃんの事、一番気にかけてたものね。お嫁さん見せてあげられなかったのが心残りだけど。でもちゃんと分かってます。最後まで頭はハッキリしてました。

立人　僕が言いたいのはね。

陽子　何よ。

と次郎、テレビを点《つ》ける。

立人　父さん、テレビなんかいいだろ？

しかしテレビは故障しているらしく、画像はメチャクチャ、音もハッキリしない。

次郎　ニュースを見ようと思ったんだが……。

立人　ニュースなんかまだやってないよ。

とスイッチを消す。

次郎　故障してるぞ。
立人　いいから、僕の話を聞いて下さい。
一同　……。
立人　姉ちゃん、こっち来て。
陽子　え？
立人　アイサツだよ、アイサツ。
陽子　ええ？
立人　いいから。

と立人、陽子を引っぱって、次郎と秋子に向き合う。

御無沙汰いたしておりました。本当に私達、親不孝者でございます。立派に育てていただいて、常日頃から感謝の気持ちは充分に持っているつもりでございますが、お姉さんも私も、仕事の都合もございまして、お二人の面倒を見ることもできずに今日まで参りました。
お姉さんなどは、地元の大学に進むようにとの父さんの言葉にさからい反対を押し切って上京しましたのに、四十過ぎて未だに独身。幸せなのか不幸せなのか、弟の私にも理解不能な生活を送り続けております。そして、私も、大学時代から仕送りを受け、未だに、何か事が起こると、少々寄付していただくようなふがいなさ。電話をするのも、そんな時だけ。さぞかし御両親様には腹立たしく、寂しい思いをさせてきたのではないかと、私達、反省いたしております。

陽子、必死で笑いをこらえている。

なんだよ姉ちゃん、ちゃんと打ち合わせしたろ。姉ちゃん、早く。

と小声で陽子をうながす。

陽子　ええ、それでこの度、こういった旅行を企画いたしまして、ちょっとした親孝行のマネ事をさせていただきたいと思い立った訳なのです。久し振りに、ゆっくりと、みんなでお話しいたしましょう。……って、やめようよバカバカしい。

立人　なんでバカバカしいのよ。こういった事は初めが肝心なんだよ。きっちり始めて、きっちり終る。ダラーとなんとなく始まっちゃったら、なんとなくボーッと終っちゃうんだぜ。後になって、あの旅行はなんだったの？　ってことになっちゃうんだよ。

陽子　恩きせがましいのよ、あんたのやる事は。もうここに来ちゃってんだから、自然にここにいればいいだけでしょ、自然に。

立人　紅葉見ながらのんびりできたら自然にできたろうよ。こんなとこもう息が詰まっちゃって。

とまた正座して、

本当にスミマセンでした。せっかくの旅行がこんなことになってしまって。ほんとついてないよ。あなた達の息子のやることは、結局こんな結果をもたらすような事なんです。しょせんこんな報われない努力なんです。トホホ。

次郎　……何を言ってるんだ、こいつは……。

立人　え？

次郎　今、着いたばかりで。何をアセっているのかねえ。

秋子　ありがとうほんとに。私達嬉しくて、ねえ。昨日なんか一睡もできなかったのよ。ねえ。お父さんも、夜中の二時に起き出して書き物なんか始めちゃって……ここに着くまで、ほんと落ち着かなかった。良かったここに着いて。

立人　だってこの音だぜ。落ち着く？　これ。

秋子　私達、もうあんまり耳が良くなくて、そんなに気にならないわ。ねえ。

次郎　体全体が、妙にハッキリしない。調子が良いってのがどんなだったか、忘れちゃってね。あんまり神経質にならないようにしてるんだ。何か色々やりたいんだが。一つ何かにたずさわってると、次にやる事が何だったか、すぐに忘れてしまってね。で、次の事を思い出そうとしている間に、今やっていた事も忘れそうな気がして、今やっていた事をもう一度確認する。なんだか、毎日、確認だけしているようなんだな。分かるか？

立人　はあ……。

次郎　だからね、今、みんなで旅行に来ているんだなあってことを、確認していたんだよ、さっきからずっと。するとね、ずうっと嬉しいんだね。この嬉しい気持ちを確認している。どうだ？　立人、嬉しくないか？

立人　……。
次郎　お前が思い描いていた一枚の絵があるだろ？
立人　え？
次郎　家族旅行のさ。
立人　……ええ。
次郎　でもその絵の中に今の私達はちゃんといるのかい？
立人　いますよ、四人全員、それに道子もだけど、じゃなきゃ意味ないよ。
次郎　十年以上会ってないんだ。お前の思い通りには行かんさ。今の現実の絵が、本当の一枚さ。これ以上でも以下でもない。往生ぎわが悪いぞ。ハハハハハ。
陽子　良かった父さんボケてなくて。
秋子　え？
陽子　さっきもしかしてって思っちゃったから。
秋子　何？
陽子　ウンコの話の時。
次郎　嫌いなんだよウンコの話は。こいつと結婚して四十三年、一度言おう言おうと思いながら機会を逸《いっ》していたんだが、今日こそはと思ってね、お前達もいることだし。

勇気をふるったんだよ。覚悟を決めて言ったのさ。昔からお前ら、大笑いしてただろ？　母さんのウンコ話で。立人も陽子もあの時ばかりは目が輝くんだもの。幼児性が強いのかねえ。そんな時、父さんは途端に孤独になるんだ。こんな家族は私の家族じゃないって、泣けてきたりもするんだよ。

秋子　別に好きな訳じゃありませんよ、そんな話。私はいつも事実を話していただけです。

次郎　違うよ、好きなんだよお前達は。好きじゃなきゃ、色や形に至るまで、ああも子細には語れんさ。あ、気持ち悪くなってきた。

秋子　家族の健康を気使うのは主婦のつとめですからね。流す前にちゃんと見なさいって言ってただけですよ。

次郎　それで、食事時にいちいち報告させる事はないよ。

陽子　父さんもういいでしょ。昔の話なんだから。

次郎　昔の事か……しかし、そうは思えん。昨日の事のように鮮明に浮んでくるんだなあ……。こう卓袱台《ちゃぶだい》を囲んで、お前と立人がそこに座ってて。母さんがここにいて、僕がこっちでね。カレーライスを食ってる。そして母さんが、立人におかわりのカレーを注ぎながら、まるでカレーを見て思い出したかのように、話すんだ。たまらんよ。昔の民話の話なんかをね、へっぴり長者とかバカムコとか、オナラをしたら、ミまででたなんて話をさ。立人も陽子もおなかをかかえて笑ってる。カレーを食べながらね。ほんとに分からんよお前達の心が。

立人　そんな事あったかなあ……。

次郎　あったんだ。しょっちゅう。

秋子　もうしませんよ。最後の頼みだなんて、オーバーなんだから。

次郎　好きな物を取りあげるんだ、真剣になるさ。

陽子　ハハハ、父さん真面目だから。いつでも何でも充分に考えてからでないと行動しない人だったしね。

立人　僕だっていつもはそうなんだ。いつも充分に考えて行動してるつもりだ。だが、今回ばかりは……くそう……。

と立人の妻道子がフラフラになって現われる。

道子　もうダメえ。

立人　なんだよ、のぼせたのか？

道子　変なじじいが入ってきちゃってさ、あがれなかったのよ。まだ交替前なのにさ、鼻歌かなんか歌っちゃって、全然動かないの。もう、死んじゃうかと思った。
陽子　冷やした方がいいんじゃない頭。
道子　うん。仲居さんに氷頼んできた。

と冷蔵庫の中のジュースを取ろうとする。

立人　ダメだダメだ、そっちは。こっちにあるから。

と自分のバッグの中からポカリスエットを出して渡す。

陽子　ケチねえ、ホント。
立人　倍は取られるんだぞ、その分で明日近所の美術館とか工芸店とか回れるんだからね。
道子　冷たくなあい。
立人　ガマンしろ。ぬるい方が体にいいんだ。

と氷を持って仲居が来る。

仲居　失礼します。氷お持ちしました。

とタオルで包んで立人に手渡す。

立人　変な老人が女湯に入ってきたらしいですよ。
仲居　そうですか？　でも今は男湯になってますけど。
立人　ですから、あがれなかったそうですよ。
仲居　外に看板がかかっているだけでお客様方の自主性にお任せしておりますので、こちらも何とも申しあげられないんですよ。見張りを立てる訳にもいかなくて、すみませんです。あ、温泉には十分以上つからない方が……何回か休みながら、三回ほどつかりますと、効能があがります。
立人　だから、あがれなかったんですよ。
仲居　冷たいお水お持ちしましょうか。

立人　お願いします。

仲居　あ、一階の突き当たりに自動販売機がございまして、そこですと、普通より五十円お高いだけでジュース類がお買い求めいただけますから。

　と去って行く。

陽子　聞かれたんじゃない？　ケチな話。

道子　ああ気持ち悪い、せっかくお肌すべすべになったのにい。

　と浴衣のスソが乱れている。

　なんとなくじっと見ている次郎。

　秋子、スソを直してやる。

秋子　若い人にはこんな温泉宿なんて、たいくつでしょう。

道子　そんな事ないです。新婚旅行以来初めてだから、タッチと旅行なんて。どこだって、もう、連れてきて貰えるだけで。

陽子　タッチだって。
道子　あ、立人さん、帰りもいつも遅いから、……すみません、今回は、四人だけの旅行のはずを、私までついてきちゃって。
秋子　いいんですよ、道子さんも、もう家族なんですから。ねえ。
陽子　どう？　お父さん、孫みたいなお嫁さん。私も早く結婚してたら、このぐらいの娘がいてもおかしくないんだもんねえ。
道子　しないんですか？　結婚。
陽子　仕事、忙しいから。
道子　男は忙しくてもするのにねえ。
立人　そういうもんじゃないだろ結婚は。はずみだよはずみ。なんかあるんだよ、今！っていう啓示のようなものが。姉ちゃんは欲が深いから、あれこれ考えてダメになるんだよ。
陽子　ロマンチストなの。分かんないわよ、あんたには。
秋子　立《た》っちゃん、お風呂入ってきたら？
立人　そうだな。やっぱりビール飲みたいものな。そうだ父さん、ビールだよビール。旅行はやっぱり昼間っから飲まなきゃね。忘れてたよ。姉ちゃん父さんにビール出して。

陽子　いいの？　高いよ。

立人　いいよもう、パーッと行こう。下にも頼んでくるから、まずそこから一本出してよ。

と去りかける。

大丈夫だよね道子。

道子　うん。

陽子　浴衣持ってきなさい。

立人　ああ。

陽子、旅館の浴衣とタオルセットを渡す。

すぐもどるから。

と出て行く。

一同　……。
道子　初めて。
一同　え？
道子　のぼせたの……。
一同　……。
陽子　でもどうして道っちゃんは、立人なんかと？
道子　え？
陽子　いくらでもいるでしょう？　同年代の遊び相手とか……。
道子　中学の時から、あこがれてて。私、どこか頑固なとこあるんですよね、初心を貫いたというか……。思い込み激しいのかなあ。絶対先生と一緒になるって、決めちゃってて。
道子　お義父《とう》さんも先生だったんですよね。あるでしょ？　やっぱり、生徒に愛の告白されちゃったりとか……。

次郎　僕は小学校の教員でしたから。
道子　そっかあ……。あたし小さい時から、うんと年上の人じゃないと好きになれなかったなあ。母子家庭のせいかなあ……それで頭良くないとダメなの。自分がバカなせいかなあ……。
陽子　頭良いかね、あれ。
道子　眼鏡かけてるのも良いんだなあ。早口なのも好き。とにかく大好きになっちゃって。
陽子　今でも？
道子　……とりあえず結婚したからなあ、八年間の夢がかなっちゃったから。なんかホッとしちゃってるなあ今は。ごめんなさい。二人だけで結婚式あげちゃって。それもあたしの夢だったから。立人さんに無理言って。うちの母さん泣いてたけど。仕方ないよね、私、頑固だから。
陽子　ちょうどいいかもね、あれは優柔不断でフラフラしてるから。

と冷蔵庫からビールを取って、次郎に注ぐ。

　母さんは？
秋子　あたしはいいよ。
陽子　ちょっとだけ。
　とグラスに少しだけ注ぐ。秋子が陽子のグラスに注いでやる。
秋子　道子さんは？
道子　飲んじゃおうかな、お水くるけど。
　と横になりながら注いで貰う。
秋子　じゃ、父さん。
次郎　ん？
　と、もう飲んでいた次郎、気が付いて、

ああ、今日はどうもありがとう、乾杯。

と、一同、グラスを合わせる。

道子　んんん、冷えてる。なんか調子もどってきた。

ときさきほどの仲居が入ってくる。

水とビールをお盆にのせている。

仲居　失礼します。遅くなってすみません。この時期手が足りなくて、御迷惑おかけしてます。あのう、お客様がお見えですけど。

陽子　え？　うちにですか？

仲居　はあ……中川さんとおっしゃる方で、もうそこにいらしてるんです。

陽子　変ねえ、誰も知らないはずよねえ、私達がここに来てるの。

秋子　立っちゃんの友達なんじゃないの？

　　仲居、部屋に入ってビールを卓袱台《ちゃぶだい》にのせる。

仲居　お通ししていいですか？
陽子　はい。
仲居　お注ぎしますか？
陽子　いいです。
仲居　じゃ失礼します。

　　と去る。

秋子　そうだ陽子ちゃん、お金包まなくてもいいの、あの人に。こういう旅館じゃ、みんな渡すんじゃない？
陽子　そうか……食事の時にでも渡すわ。でもいくらくらいなの？
秋子　千円くらいかしら。
次郎　十パーセント。

秋子　え？　何の？
次郎　宿代の。
陽子　ええ？　いいよそんなに。
秋子　お父さん、退職した年に仲間とタイに行ったから、なんか変な知識、植え付けられたのよ。

と戸が開いて中川という、次郎と同年輩の男が入ってくる。

中川　中川です。
一同　……。
中川　中川弘ですよ。

中川、手に画材道具を持っている。

いやあ、きれいですな。ずいぶんはかどっちゃって……日が傾いて、光線のかげんがね。続きは明日です。

一同　……。

中川　久し振りですね。秋子さんでしょ？　お互いずいぶんしなびちゃったけど……。雰囲気ってのは変わりませんねえ。こう、かもし出す雰囲気。全然変わってない。次郎君も同じです。

と中に入って座る。

あ、

とビールに気が付き、

再会を祝していきますか。

とグラスを突き出す。

秋子、気圧《けお》されて注ぐ。

乾杯！

と飲み干《ほ》す。

ささ、次郎君も……。

次郎、首をひねりながら注がれる。

こちらは？

秋子　あの、娘ですけど。
中川　ああ、陽子ちゃん。ずいぶん大きく、いや、大人になって……じゃ、こっちはお嬢さんかな。
秋子　いえ、息子の嫁でして……。
中川　ああ、立人君の……立人君は？
秋子　今、お風呂に。

陽子　道っちゃん、変なじじいって、この人？

道子　ううん、違うじじい。

陽子　母さん、この人誰？

中川　なんだよ、次郎君、陽子ちゃんに黙ってたの？

次郎　……。

仲居が、ウイスキーのセットを持って現われる。

仲居　お待たせしました。

陽子　あの頼んでないですけど。

中川　あ、私、私。次郎君もこっちの方がいいだろう？

仲居、去ろうとする。

陽子　あの、これ少しですけど……。

　　と急いでサイフからお金を出して、ティッシュに包もうとする。

仲居　あ、結構です。うちはいただかないようになってますので。困るんですよね、若い子はすぐに受け取っちゃって。その金額しだいで、サービス変えるから。私、ここに来て十年ですけど、五年目から、今のシステムに変わりまして、それから一度もいただいた事ありません。本当です。無理矢理いただいても、精算の時、お返ししますから。

陽子　はあ……あの……。

仲居　いただけません。

陽子　いえ、テレビ故障してますけど。

仲居　隣りの工事の具合でね、少々ガマンしていただいております。

　　と去る。
　　中川は水割を作ってもう飲み始めている。

次郎　寿《ことぶき》村の、弘君だね。

中川　なに言ってるんだよ、今頃になって。
秋子　え？
次郎　ほら、校長の息子の、お前と同じ村の。
秋子　……弘ちゃん……。
中川　そうですよ。三軒隣りの弘ちゃんです。三軒って言っても、一キロは離れてたけどね。
秋子　あら、やだ……。
中川　ずいぶん描いたな、秋ちゃんの似顔絵。こんな所で会えるなんて……懐かしいなあ、ねえ、次郎君。
次郎　しかし、どうして君が……。
中川　何言ってんだよさっきから。
秋子　弘ちゃん、いえ、中川さんは画家におなりになったんでしょう？
中川　ええ。でも結局食えなくて、ずっと絵画塾開いて、子供達に教えてたんですけどね。パリに行くことも考えたんだけど、女房が病弱で。学生の時結婚しちまったんで、子供も早くに出来ちゃってね。苦労させましたよ家族には。これ、手紙に書いたよね。

次郎　ああ、思い出した。再婚したんだな弘君は。
中川　そ。三十で死にましたからね、女房。次のもおととし、逝っちゃった。ひとりです今は。

と立人がもどってくる。

陽子　早かったわね、あら、どうしたの？
立人　そこでつかまっちゃって。

と立人の浴衣のソデを引っぱって、やはり次郎と同年代の男がくっついてくる。

男　教えて下さい、私は一体どうしたのか教えて下さいったら。
道子　あっ！　このじいさん。
陽子　え？　変なじじいってこれ？
道子　そう、これ。

立人　ええ？　あんたなの？　女風呂入ってたの。
道子　そうよ、急いで湯舟に入ったけど、見られちゃったのよ、体洗ってるとこ。
立人　ちょっと下まで行こう。いい年して痴漢行為だなんて、恥ずかしいと思わないのか。
男　お風呂には入りました。入りましたけど、裸を見るのは当然です。お風呂なんですから。
立人　何言ってんだよ。女湯の時間に入っちゃったのよあんた。
男　なんですかそれ。浴場はどこですか？　と私は聞いた。あちらですと教えられた。私は教えられた通りに浴場に行った。中に入ったら女らしき人影はあった。湯気の中にボーッと白い肌が浮いて見えた。一瞬、アレ？　とは思いました。しかし、浴場はこの一つだと教えられた。ああ、混浴なんだと悟った訳です。昔から田舎の温泉宿は混浴だったのに気が付いた訳ですよ。入り口だけ男湯、女湯に分かれていても、中に入ると一つだったりする訳です。昔、そんな風呂に入った事がある事を思い出した訳なんですな。
立人　看板かかってたろ！
男　さあ、目が余り良くないもので、細《こま》かい字は老眼鏡をかけないと全然。

道子　なあんだ、さっさとあがってくりゃ良かった。
男　あなたですか、先客は。
道子　そ。
男　なんだ子供じゃないか。そんな目くじら立てなくても。
立人　子供じゃありません、私の家内です。
男　そりゃどうも、目がね、目が良くないもので。
立人　あなた、ここの泊まり客でしょ？　自分の部屋にもどりなさいよ。
男　いや、そんな覚えはないのです。どうも私は、道に迷ってしまったようなのです。気が付いてみるとこの宿にいて、お風呂につかっていたんですな。で、風呂から上がった途端、どうも記憶が……。私、どうして、ここにいるのでしょう。
立人　知りませんよ。下に行きましょう、聞いてみましょう、どの部屋なのか。
男　いえいえ、私は迷い人なんです。どうか、私が行くべき道を思い出すまで、ここに置いて下さい。きっと何かのお役に立ちましょう。
陽子　ボケちゃってるのよこの人。
男　そうですかねえ、私、ボケてんですかねえ……。ただの道に迷った気の毒な老人という気がするのだけれど……。あっ、これ、彫りが良くないねえ。

と、部屋の欄間《らんま》の透彫《すかしぼり》を、どこかに隠し持っていた彫刻刀のようなもので彫り始める。

立人　何すんですかあなた。
男　ちょっとだけ、ちょっとだけ。

とテーブルを寄せてあがったりしている。

中川　なんだ、修君じゃないか。
次郎　ええ？
中川　ほら、職人になったって、手紙来たろ。
次郎　水谷君か……。
中川　そう。君も来てたのか……。
水谷　あなた達は、私を知っているんですか？
中川　中川だよ。こっちが赤星次郎君。

水谷　……分からない。中川って、中川弘君？
中川　そうだよ。
水谷　いや、そんなはずはない。中川弘君はもっとこう、いや、あれ？　とにかく、どこかに帰らなくちゃいけないんだが、それが分からない。
中川　なんだよ、君は、どうしてここに来たのかも忘れちゃってるの？
水谷　ここに来なければならない理由ってものがあったのかなあ……。
中川　だから来たんだろ？　しっかりしてくれよ。ま、一杯、いこうや。
水谷　ちょっとこれを手直ししてから。
中川　後でいいだろ、時間はあるんだ。
立人　この人は？
陽子　母さんと同じ村の人だって。
立人　なんでそんな人が……。
陽子　……。
立人　どうなってんです一体。
次郎　……立人、父さん、何かだいじな事を忘れてるような気がするんだが……どうもこの……。

立人　何ですか？　早く頭の中確認して下さいよ。家族旅行なんですからね。
次郎　うん、今確認してる。しかし、この確認は、ずいぶん前まで逆算してから、一つ一つ整理していかないと確認できない確認で……。
立人　父さん……。
秋子　この頃父さん、ほんとに忘れっぽくて、この前なんか、「母さん、正倉院てなんだっけ？」なんて聞くのよ。
立人　ええ？
秋子　専門でしょ、社会科、それなのに忘れちゃったっていうんだもの。最近の事だけならいいわよ。そんな昔の知識まで忘れちゃったら、父さんて人の存在まであやうくなっちゃうわよね。人間なんて、記憶でしかないものねえ。記憶のつまった器が歩いてるようなものでしょう。その器がカラッポになったら、どうすんでしょう。ただの壊れた器になっちゃう。
立人　何呑気《のんき》なこと言ってんのさ。どうすんの？　このじいさん達。
中川　まあまあ立人君、今日はみんなで楽しくやろう。ダメかい？　ウイスキーは。
道子　あたし、飲んじゃおうっと。
立人　おい。

道子　いいじゃない、大勢いた方がニギヤかでいいわよ。みんなお義父《とう》さんの友達なんでしょう？　ねえ。

中川　そうさ。これで完ちゃんが来てくれれば仲良しが揃うんだ。

水谷　完ちゃん、完ちゃん知ってるぞ。声のでかい完ちゃんだろ？　「異常ありませえん！」歌がうまかった。なんの歌だっけ……いっつも歌ってただろ、でかい声でさあ。あれ？　ということは、やっぱりあんた弘君かい？

中川　そうだって言ってるだろ？　飲もう飲もう、飲めば思い出すさ。

中川、水谷にビールを注ぐ。

水谷　どうして私は道に迷ったりしたのかなあ……。

と飲む。

久し振りだなあビールなんて、そうか、医者に止められてたんだなあ……。どこが悪いんだろう私。ま、いいか。それより帰る所を見つけるんだ。

中川　次郎君、みんなだいぶいかれちゃってるよ。今のうちで良かったなあ。
次郎　完ちゃんの歌……思い出したよ。
中川　え？

と窓の外から「木曽《きそ》のなああなかのりさん〜」と木曽節《きそぶし》が聴こえてくる。

水谷　あれだ。
次郎　そう、木曽節。完ちゃん信州の生まれだった。
中川　ほんとだ聴こえるよ。みんなもうろくして幻聴まで聴こえてきやがる。

歌っているのは窓の外でさっきから見えかくれしていた工事の男である。
頭に黄色いヘルメットをかぶっている。
男、足場を踏みはずしそうになり、窓のこちら側に飛び込んでくる。
男、中川に思い切りぶつかって倒れる。

中川　なんだよ、痛い幻聴だな。

男　痛タタタ。
陽子　もう、困りますよ、こんな。
男　スマン、スマン、つい足がすべって。
陽子　気を付けて下さいよ、大丈夫ですか？
男　異常ありませえん！
中川
水谷　ああ！
次郎
男　よっ！
三人　完ちゃん！
男　御無沙汰！
次郎　何してるのこんなとこで。
完治　仕事よ。ここくるついでにこっちの仕事回して貰ったのよ。
中川　その年でこんなことまだやってるの。
完治　現役よ。バリバリ！　まだ七十前だもん。俺、昔から肉体派じゃん。ずっとこれよ。

水谷　会いたかったよ完ちゃん。

　　と泣く。

完治　修かあ、まだ泣いてんのか？　少しは大人になれよ、なあ。弘君、次郎ちゃん、みなさんお変わりなく、まだ生きてて良かったな。
中川　ああ、なんとかな。ホラ飲めよ。
完治　六時までなんだよ。あと二時間。みんなずいぶん早かったんじゃないか、約束は六時だろ？
立人　約束って、父さん……。
次郎　ううん……。
完治　あれ？
中川　次郎君の息子さん。
完治　林田です。お父さんにはずいぶんお世話に……いや、お世話したのかな、ハハハ。
中川　飲めよ完ちゃん、いいだろ、後は若い奴らに任せれば、久し振りなんだし。
完治　特別だものな、今日は。

　と窓の下に声を掛ける。

あがるわあ。監督に言っといて。ええ？　佐々木さんだよ。お前、現場監督も知らないでやってたの？　全く、近頃の若い奴は。ハハハ。よ。まずビールな。

　水谷、完治にビールを注ぐ。

おっとっとっと。

　と次郎に。

班長、乾杯は？　乾杯。

次郎　……。

完治　何だこいつ。また考える人になってんのか？　それでは私、未だに漢字も読めない林田完治、肉体の悪魔もひっくり返って土下座する、肉体派の鬼！　林田完治が乾杯の音頭を取らせていただきまっす！　乾杯！

中川
水谷　乾杯！

と三人飲み干す。

完治　おおお！　おおお！

と胸をたたいて、

五臓六腑にい！　あれ？　炭酸ないの、炭酸。ウイスキーはハイボールだろやっぱり。つまみは？　つまみ。中川くーん、腹減っちゃって。だって朝からずっと肉体、酷使しちゃってんだもの。スキッ腹《ぱら》で飲むとガァバガァバ入っちゃって、酔っちゃうよう。酔っちゃってもいい？　俺。

中川、水谷、かぶりを振る。

ほら。つまみがなきゃあ。ねえ。日本酒がないってのはどういう訳かな。日本酒。私ら年寄りよ弘ちゃん。年寄りは日本酒飲むんじゃないの？　テレビのドラマなんかでも、年寄りは必ずお燗《かん》でしょ。やっぱここまで来たんだから地酒飲まなきゃあ。地酒。ね。班長！　地酒、炭酸、つまみ、調達して参ってよろしいですか？

次郎　……。

完治　まただよ。考えるな考えるな。ちょっと俺、ひとっ走り。

立人　あのう……。

完治　あ、行ってきてくれるの？　悪いねえ。

中川、床の間の電話を掛けている——。

お燗は熱い奴ね。人肌じゃだめだよ。沸騰寸前に止めて貰って。水谷君、そういうとこ神経質だから。

水谷　ぬるいと気管支に入ってむせちゃうから。

立人　いや、あの。

道子　あたし行ってこようか……。
完治　ダメだよ！　何言ってんだ！　あんたはお酌《しやく》してくれなきゃあ。そうでなくたって五対三だぜ。
道子　は？
完治　三のうちのこっちはばあさんで、こっちはおばさんだ。あんたいなくなったら、どうやって盛り上がるの。ダメだダメだ。ホラ、あんたも（秋子に）あんたも（陽子に）枯れ木も山のニギワイっていうじゃないか。こっちの元美青年達の間に入ってさ。色々と、ね、色々とやることあるだろ。さ、さ。
立人　な、な、な……。
完治　何、真っ赤になってんの？　行くなら、早く行ってきてよ。
立人　父さん、これ、どうなってんですか？　説明して下さいよ。家族旅行なんですよ。
完治　僕ちゃん、友達はたいせつに扱わないといけないよ。家族は何があっても家族かも知れない。そりゃ、血は水より濃いって言うものね。だけどね、水より濃い、血液よりも濃い、牛乳みたいなつながりだってあるんだぜ。
道子　牛乳……？
完治　そ。人が育つのは母乳だけじゃない。牛乳だって、粉ミルクでだって、大きく育っちゃうのよ。
道子　……。
完治　同じ釜の飯を食い、ひとつ屋根の下で、苦楽を共にした仲間たちのつながりが、家族より薄いとどうして言える！　班長の家族なら、私らの家族も同然だろ！　違うか、ええ？　君は私の息子も同然だ。息子なら親の言う事ききなさい！
立人　……。
中川　まあまあ完ちゃん、座って座って。次郎君、どうも、忘れちゃってるみたいなんだ。
完治　何を？
中川　今日の、これさあ……。
完治　これ？……あららら。……じゃあ、ゆっくりやるか。
中川　ああ、時間はたっぷりあるからさ。
完治　……うん。……。
水谷　……あぁあ。
中川　思い出したか？
水谷　いや。君達のことは知ってます。うん、よおく知ってる。しかし、どうして、私はここにいるんだろう……。

完治　こいつは指先使う仕事してんのに、なんでボケたかねえ。

中川　昔からガンコだったから。

完治　固いものにいったんヒビが入ると、少しの衝撃《しょうげき》でドドッとくずれるものなあ。俺なんか昔からマシュマロの頭だから。

中川　ちょっとぐらいへっこんでも、どうにか形は保てる訳だ。

完治
中川　ハハハハハ。

水谷　固すぎても柔らかすぎても彫りにくい……ナラとサクラが私は好きだ。

と仲居が地酒、炭酸、つまみを持って入ってくる。

仲居　失礼します。

完治　あれ？

中川　さっき下に電話したんだよ。

完治　さすがインテリ！　体使わず頭使うってか。待ってましたよお姉さん！

仲居　じいさんにお姉さんて言われると、百歳になった気がするよ。
完治　またまたみどりちゃん、いいから早く持ってきてよ。
仲居　いいんですか？　林田さん、仕事ほっぽって。（卓袱台《ちゃぶだい》に置きながら）
完治　いいんだよ、若いの十一人もいるんだもん。
仲居　オカミさんに報告させていただきます。
完治　怖くないよあんなの。昼は化粧お化け、夜は本物のお化け。こっちはオカミの素顔を知ってる世界でただ一人の人間だぞ。何か言ったら、このふところの証拠写真を出してやる。
仲居　え？　み、見せて下さい。十年選手の私でも知らないそんなすごいもの。
完治　ダメ、ダメ、見たらあんた、石になるぞ。これ見たら、メデューサだって案外美人だったんだなあって、しみじみしちゃうぞ。
仲居　見たい！　石になっても。
水谷　お燗がぬるくなる。
仲居　あ、失礼しました。

とっくりを置いて、おちょこを並べる。

完治　これ、オカミにつけといて。
中川　おいおい。
完治　いいんだよ。どうせ猿から横どりした温泉でもうけてるんだから。
中川　猿。
完治　そ。まだ百年は経ってないから最近だよ。肉体疲労や、病気の猿が集団でつかってた露天風呂を乗っ取りやがったのさ。温泉の第一発見者である、体の弱った野猿達をさ、バッタバッタと切り殺したらしいから残酷よ。それ以来らしいね、この宿《やど》屋《や》の子孫はみんな猿顔。生まれつきシワが深いから、どうしても厚塗りになる。天バツってのは恐ろしいよ。
水谷　ぬるくなる。
中川　ああ、やろうやろう。
完治　あっ！　その前に、これ（とふところから百草丸を出す）これ飲んどけ、（とみんなに配る）信州に来たらこれ飲まなきゃあ、二十粒ずつだからな、二十粒。
と道子、秋子、陽子にも無理矢理配る。

ホレ、僕ちゃんも。これを飲んどきゃ悪酔いもしないし、二日酔いにもならん。気に入ったらいつでも言っとくれ。宅急便で送ってやるから。
道子　百草丸……。
完治　そ。粒が揃ってる。手作業だぞ手作業。いとこのタクちゃんが作ってんだ。
水谷　ああ、あの時も……。
中川　ええ?
水谷　あの時も、みんなでこれ飲んだっけ。
次郎　ああ……林田が配ってくれたんだ。

と年寄り達百草丸を飲む。

仲居　じゃあ、失礼しますけど、お布団は……。お布団は何組敷けばいいんですか?　六人までなら、何とか泊まれるとは思いますけど。
立人　五人だよ、五人。予約したでしょ!

仲居　かしこまりました。

と出て行く。

中川　無理かねえ、八人は……。
完治　びっしり敷きつめて雑魚寝《ざこね》すりゃ、いけるだろ。
陽子　困ります、そんな。
完治　大丈夫。おそわないから。な。
陽子　そういう事じゃなくて。
水谷　太郎君は？
中川　え？
水谷　班長！　太郎君が見当たりません。朝は一緒に作業していたのでありますが、まさか、逃げ遅れたのでは……。
秋子　お父さん、太郎って、お義兄《にい》さんの事？
次郎　あんちゃんはシベリアさ。まだもどらない。義姉《ねえ》さん、嫁にも行かず、ずっと待ってたんだけど……。

秋子　八千代義姉さん？　あなた、本当は八千代さんと一緒になろうって思ってたんですってね。お義母《かあ》さんに聞いたわ。去年、亡くなる前にね。
次郎　……おなかが大きかったんだよ、義姉さん。父親の顔も知らない娘、抱えて、お母ちゃんと二人で農業やるなんて、気の毒だと思ったんだ……。太郎あんちゃんの子供だぞ、僕が育てようって思ったのさ……。
秋子　じゃあ、一緒になれば良かったのに。私なんかと結婚しないで。
次郎　……バカ。
秋子　え？
次郎　……恋をしたんだよ、僕は。
秋子　誰に。
次郎　……お前にさ。
秋子　あら。
次郎　人情より愛情が勝った。若かったんだなあ。
水谷　ぬるくなる。ぬるくなった。

とおちょこを前に出す。陽子仕方なく注いでやる。一同好みに合わせて注ぎ合う。

中川　班長。
次郎　……乾杯。
一同　乾杯！

完治、つまみをむさぼり食う。

水谷　林田君、少し取っといて。
完治　え？
水谷　太郎君の分。好物だろこれ。
中川　イカの刺し身かあ……。

完治、イカの刺し身に手を合わせる。

中川　赤星君、一番親しかったよね。

次郎　ああ、気が合った。あんちゃんと同じ名前だったから、浅野君のことは初めて会った時からなんだか気になってね。色んな本を貸して貰った。僕は農家のせがれだろ？　本なんか読んでると白い目で見られたもんだよ。子供でも、働かないで勉強なんかしてる奴はアカになるって。暗くなると電気も切られたしね、もったいないってさ。

秋子　お父さん、村で初めてなのよね、大学入ったの……終戦後村に帰ってきてから、独学で勉強して、何年もかかって大学行ったのよ。お金も全部自分で貯《た》めて。

道子　へえ……。

立人　すみませんねえ、仕送り貰って、でもしか教員で……。

秋子　良く大学の図書館から色んな本借りて来てくれて、宮本武蔵とかねえ、母さん仕事でクタクタになって帰って来るから、枕元に置いとくんだけど、なかなか進まなくて……。

次郎　浅野君、二年目から下宿組だったろ？　下宿行って驚いたよ。六畳間の下宿の三方の壁面が蔵書で埋まってるんだな。床にも色んな本が積み重なってて、休日には高田馬場や神田神保町の古本屋巡りに連れてって貰った。僕は十五歳になったばかりで、浅野君は十六歳だったけど、ズイブン年上に見えたっけ……。

完治　俺はどうもニガ手だったよ。理屈っぽくてかなわん。あいつには喜怒哀楽ってものがない。いつもさめた顔してて、幽霊だよまるで。

水谷　でも優しかった。泣いてると、頭撫でてくれた。

中川　傷付きやすい文学青年だったんだろ。だから、内側を悟られんように、いつも頑張って淡々《たんたん》とした風を装ってたんだなあ。

次郎　……会いたいなあ……まだまだ聞きたい事が沢山あった。

完治　俺に聞きなさい次郎ちゃん、何でも答えてやるから。色んな事教えてやったじゃない、床みがきから、クモの巣取り。ペンキの塗り方。便所のくみとり。赤星君は体小さくて、声変わりも遅かったものねえ。同い年でも、子供に見えたよなあ。

中川　林田君は少年達の中に一人だけ親父が混じってるって感じだったな。

完治　早熟《そうじゅく》っての？　体の発育早かったのねえ。うらやましかったよ。ヒゲソリやらんでいい奴らは。

電話が鳴る。陽子が取る。

陽子　はい。あ、少々お待ち下さい。夕食何時にしますかって、それから、何人分お持ちしましょうって。
立人　（小声で）父さん、この人達、いつまでいるの？　夕飯前には帰るんだよね。だって僕ら、全然、ゆっくりこう、話らしい話もしてないんだもの。母さん、どうするの？
次郎　八人前頼みなさい。
立人　えええ？
秋子　じゃあ、折りたたみのテーブルも持ってきてもらわないと。
陽子　母さん……。
秋子　父さんの好きなようにして貰いましょう。
立人　ちょっと待ってよ。
秋子　だって、今日はお父さんのお誕生日なのよ。
道子　そうか。なあんだ。タッチ、これ、おタンジョー会なのよ。だから、お友達集まったんだ。それでかあ……。お義父さん、私達、ビックリさせようとしてそれで内緒にしてたのね？
陽子　そうなの？　お父さん……。
次郎　……とにかく八人分。

水谷　九人分。
中川　修ちゃん、太郎君は来られないよ。
水谷　来るよ。みんな揃ってるんだから。来てからじゃ遅いよ。
次郎　……じゃあそうしよう。陽子、九人分。
陽子　母さん。
秋子　そうしなさい。なんとかなりますよ。
陽子　もしもし、あの九人なんですけど、はあ……そうなんですが……。あのテーブル、折りたためる奴かなんか、ええ。
母さん、材料、そんなに用意してないって言ってるけど。
完治　俺達はソバなんかでもいいから。うまいんだよ、ここのソバ。
陽子　あの、予約してない分はソバをメインにして作っていただけますか？　はい、はい。じゃあ、お願いします。

と切って、

八時過ぎになるって、ソバもこれから打つからって。

立人　えええ！
中川　飲めよ立人君、飲んでりゃすぐだって八時なんて。
立人　……ケーキまで頼んであったのに……。
道子　ダメよヒミツでしょ？
立人　ろうそく七十本じゃ差すとこなくなっちゃうからって、東急ハンズで色取りどりの趣向《しゅこう》をこらした七本買ってきてあったのに……。もうメチャクチャだよ。

工事現場の音がまた高鳴る。

うるさいなあ、さっきから。余計にイラつくよ。
中川　悪いね、立人君、別に部屋を取ろうとしたんだが、いっぱいだったんだよ。秋ちゃん、私達はもう次郎君が色々話をしてるんじゃないかと思ったもんだから……。すまないね、親子水いらずの旅に、割り込んだみたいな格好になっちゃって。
秋子　何にも言ってくれないんですこの人。昔からそうでした。自分で全部決めて、いっつも事後承諾。若い頃はずいぶんあわてましたけど、今はもう慣れっこになっちゃって。私は平気ですよ。何があっても驚きません。

陽子　あたしが高校一年の頃、洗濯機なかったのクラスでうちだけだったでしょ？　母さん毎日朝四時頃起きてさ、ふかし釜で御飯炊いてから、タライで何回にも分けて手で洗濯してて、冬場なんかアカ切れひどかったでしょう。見るに見かねた、ホラ、電気屋につとめてた信二叔父さんがナショナルの新製品持ってきてくれたじゃない。月賦でいいからって。あたしが学校から帰ったら、母さんニコニコしちゃってて、叔父ちゃんに使い方聞きながら回してたでしょ？　あんな嬉しそうな母さんの顔見たの、久し振りだった。夜になって父さんが帰ってきた。私と立人が大騒ぎで「洗濯機！　洗濯機！」って迎えに出たら。父さん……怒っちゃって……「なんだこれは！」って。「欲しかったらちゃんと相談しろ！」って。「誰の金で買うんだ！　俺に内緒で勝手に持ち込むなんて許さん、返して来い！」って。母さんが叔父ちゃんが急に持ってきたんだって言っても、父さん許してくれなかった……。母さん泣いてた。声を殺して台所で……。翌日叔父ちゃんが引き取りに来た。また、母さん、アカ切れの手でタライで洗濯した。毎日、毎日。それから三年後よね、洗濯機買ってくれたの……。

次郎　買ってくれって言えば良かったのさ。

秋子　言えませんよ。……お金なかったんだもの。

あの時はホントに、信二が突然持ってきたから……。
陽子　母さんが決めて良かったのよ。家事は全部母さんがやってたんだもの。家計簿だって母さんがつけてやりくりしてたんだし。周りの家はみんな洗濯機だって電気釜だって何年も前から使ってたのよ。台所のことに父さんがいちいち口出ししなくたって良かったと思うわ。
立人　どうしたんだよ姉ちゃん、突然。
陽子　あの時どうして私黙ってたのかなって……。自分が許せなくて。……父さん恐かったから、母さんの味方になれなかった……。女同士だったのに。テレビがあって、冷蔵庫も買って、いつも最後までガマンするのは母さんだった……。誰も気付かなかった。母さんが気付かないよう頑張ってたから。十八で上京してから私、五、六年はタライで洗濯してたでしょ？　冬になるといっつも思い出してた。毎日毎日四人分、母さんは何十年も手で洗ってくれてたんだって……。
秋子　昔の人はみんなそうだったのよ。父さんはホラ母子家庭だったでしょ？　お義母さんがなんでも一人でできた方だったから、母さんもなんでもできるはずだって思ってたのよ。
陽子　父さん……私許せない。今日は、今日こそは言うわよ。母さんに相談もなく、勝手にこんなこと。私達に言わなかったってことは仕方がないとしてもよ。母さんに黙って、昔の友達呼びつけて、父さん身勝手すぎます。母さんに対する思いやりがなさすぎるわ。
次郎　……。
秋子　いいわよ陽子。昔の男なんて、みんなそうなのよ。
陽子　昔、昔って。母さん、生きてるのよ、この人達。今よ、今の事言ってるの。
秋子　旅館で良かったと思わなくちゃ。これが家だったら、それこそてんてこまいの大あわてだったわ。突然昔の大事な友達だなんて言われても、夕食の材料はないわ。お酒もないわでしょ？
お布団だって揃ってないかも知れない。旅先で良かったわ。
立人　母さんも父さんに皮肉言ったりするんだなあ……。
秋子　皮肉なんかじゃありませんよ。本当にそう思うの。
陽子　あの時から変わったのよ母さん、洗濯機返された日から。
立人　全く姉ちゃんは思い込み激しいんだから。
中川　秋ちゃん、今日のこれは、きっと次郎君が忘れただけだから。
完治　ポッカリ、穴あいちゃったのね。

秋子　……反対されると思ったんでしょうねえ、この子達に……。だから忘れたのよ。その方が都合が良いから。
次郎　……違う……違うよ。……そうだ。会いたかったんだよ。会っておきたかったんだ、どうしても……。
立人　会うんなら、何も今日でなくたって……もう、全然相談してくれないんだから。
秋子　だから、そういう人だって言ってるでしょ。
陽子　だから、許せないって言ってるの。
立人　許すも許さないもないよ。もう来ちゃってるんだから。この後の事ですよ。僕は、帰っていただこうと言ってるんだよ。
一同　……。
秋子　わざわざお呼びたてしてそうはいきませんよ。ねえお父さん、何か訳があるんでしょう？
陽子　お母さん、もうガマンなんかしなくていいって言ってるのに。分からない、分からないわあたしには。言いたいこと言えばいいのよ。もう長くないのよ。この先の時間をどうやって使うのか、そりゃ母さんの勝手だけど……吐き出さなくていいの？　ためてためて墓場まで持ってって、後悔しないの？　ウンコの話だってなんだってすりゃあいいのよ。
立人　姉ちゃん、その話は、皆さんに帰っていただいた後にしませんか？　ね、僕、もう、頭がこんぐらがっちゃって。
道子　あたし、知りたいわ。
立人　え？
道子　おじいちゃん達、お義父さんのどういうお友達なんですか？……さっきから聞こう聞こうって思っても、全然入れなくて。何か事情があるんでしょ？　じゃなきゃこんなこと。
立人　……。
道子　先生、話も聞かないで帰ってくれじゃ本末転倒だと思います。
立人　何の本末転倒ですか。何が本で何が末なんですか？
道子　お義父さん達にのんびりと信州の旅を味わっていただく、つまり「親孝行」これが今回のテーマではなかったでしょうか。
立人　そうですね。
道子　先生は気がアセるばかりでどんどんその本質から逆行するような態度を繰り返しているように思えます。自分の思い通りに何でも事を進めようとするのは先生の悪い癖だと思います。ここは学校じゃないんですから。

立人　学校だって思い通りになんかならないよ。どこだってそうだ。こんな小さな家族旅行ぐらい、僕に仕切らせてくれたっていいじゃないか、くそう……。

陽子　道っちゃんの言う通りね。なんだかあたし高校生の頃にもどっちゃって。ちょっと飲み過ぎたかしら。ごめんね母さん、大人気《おとなげ》なかった……。父さんと母さん見てるとなんだかイライラしちゃって……。嫌なとこばっかり自分と似てるから、自分の体、裏返されたみたいな妙な気になって、許せなくなるのよ。許せなくて、一人で怒って、後になって後悔するのよ。誰のせいにもできない事だから……。分かってるの。分かってるのよ……。自分もその嫌なイライラの中にいるって事、どうにもならない流れの中で息しているってこと。私達、いい家族だって思うわ。大きく見れば何の問題もない恵まれた家族。善良だもの私達。「真面目な努力家」、父さんと母さんのためにあるような言葉だし、私も立人も、盗みもしなければ人殺しもしない、わがままで清らかな平凡な姉弟だもの。何言ってるのかしら私、またイライラしてきた。

中川　家族はみんな、それぞれが特別さ。普通なんてな、ないんだな。みんな癖がある。しかし、みんなそこでしか暮らした事がないから分からないのさ、自分らのヘンテコぶりがね。大人になって、自分の新しい家族を作ろうって時にも、ついついその、長年、培われた癖がでる。嫌だ嫌だと思っても、似てくるもんなんだな。

陽子　だからかなあ……あたし一人でいるの。

道子　お義姉さんは帰る場所があるって思ってるからだと思う。知らず知らずに御両親のいる場所が自分の本当のすみかだと思ってるから。愛されてるからだわ。だから人の愛情に執着しないのよきっと。あたしとまるで逆。私なんか周りに憎まれてもただ一人に振り向いて欲しいってタイプ。いるでしょう同性に嫌われるのになぜか異性にだけはもてるタイプって。私なんかそれだもん。必死なのよそういうタイプはいつだって。性格悪いからさ、男にしか頼れないじゃん。どうしたってメスの部分だけで勝負する訳。男にはそっちの方がいいらしいよ。自分にだけ執着してくれるタイプの方が。相手があんまり人間できてると、男はコンプレックス感じて荒《すさ》んじゃうって。デリケートなんだって、自信ないんだって男はみんな。

陽子　誰が言ったのそんなこと。

道子　先生。

陽子　……。（と立人を見る）

立人　中川さん、あのそれで、父とは……。

水谷　どこなんだろう……私の帰るべきすみかという奴は……。
中川　戦闘機のね、部品を作ってたんだ。
道子　ええ？　お義父さん、学校の先生してたんでしょ？　エンジニアもやってたの？
中川　戦争中さ。昭和十六年から二十年の終戦まで、武蔵野の軍需工場で働いてた。十四歳から十九歳ぐらいまでだね。みんな高等小学校を卒業してすぐに就職したんだ。
道子　高等小学校？
秋子　昔は尋常《じんじょう》小学校が六年、その後高等小学校が二年あったから……。
中川　就職と同時に、併設されていた青年学校に入学した。一年間は技術を習う。二年目からは、週に二、三日勉強して、後は毎日働いていた。
完治　寄宿舎でね、私ら同じ部屋だった。一年生の時にね。それで親しくなって、終戦までほとんど一緒だった。赤星君は成績優秀でね、私ら、鋼材から旋盤でエンジンの歯車の歯を作る作業なんだが、実習で、その歯車を削って仕上げる仕事と旋盤の操作法との試験があったんだが、何度やっても赤星君がクラスの一位だった。教練の時も、号令の掛け方が一番うまかった。
道子　未来の先生だものね。
完治　一年の時は私らの班長だったし、二年目からは分隊長、三年目は小隊長、四年目

は中隊長って具合に、いつだってリーダーだった。だからあれから五十二年経った
って、リーダーなんだなあ。中川と水谷とはね、戦後も何度か会って酒飲んだりし
たけどね。中隊長とはほんと、五十二年振り。びっくりしたよ突然電話貰った時は
……。……でも分かったよ。七十歳の誕生日って聞いてさあ。
中川　ああ、私もさ。あの日、林田が百草丸配ったあの日だな。
完治　約束したんだ……。
中川　もし生きてたらって。
完治　うん。
水谷　三十とか五十じゃだめだ。七十、七十じゃなきゃあ！
中川　そうだ、七十だ！
完治　すごい年寄りだと思ってたよな、七十なんて。ものすごい長生き！　って考えた
ら七十しか思い付かなかったもの。七十なんて人間じゃないみたいに思ってたから、
適当に言ったんだよ。誰も当然そんなに生きられないって思ってたから。冗談まじ
りに言ったんだ。
中川　そうさ。だってあの日、私達は死ぬはずだったんだから。
水谷　うん。胃が痛くなった。耐えられなくて、吐きそうになった。

完治　それで俺が常備薬のこれをだな、お前に仕方なく……。
中川　そしたら、俺も俺もと手が伸びた……。
次郎　誰もいなかった……巨大な工場の一室一室を手分けして点検に歩いた。聞こえるのは自分の足音だけ……。
中川　本当に私達四人だけだった……。
次郎　覚悟はできたと思っていた……。しかし体がふるえた。臓物がキューッと下から引っぱられるような気がして……怖かったんだ。やっぱり怖かった。気が狂うのかと思った。その時、自然に口唇が動いた……。
中川　ああ、あれだな。
次郎　浅野君に聞いたあの詩だ。僕は浅野君がそこにいるような気がした。浅野君が朗読してる。浅野君のその声に誘われて僕は必死に声にしたんだ……。するとね、すると、心がね、嘘のように鎮まった。
中川　ああ、嘘のように……。
完治　僕らは死ぬだろう。
水谷　死ぬだろう……。
中川　でも、もし万が一生きのびたら、このことはただの思い出になる。そんな思い出を語る時が来るかも知れない。
次郎　ああ、でもそれは夢だ……。
中川　ああ、夢だ。
水谷　夢の中で、夢を語る夢を見るんだ……。
完治　そんな時が本当に来るなら。
次郎　また、会うんだ……。
（ダンプカーが、積んでいる砂利を荷台を傾けておろすような音に爆弾の音が重なる）
と工事現場の音がとどろき、まばゆい光線が辺りをおおう。
水谷　照明弾だ！　分隊長殿！　空襲であります！
老人達、とっさに卓袱台《ちゃぶだい》の下に隠れる。
と、爆弾の音とともに奥の窓に見えていた青いシートが飛び散り、窓ワクも消え、後方が工場の屋上のような形に変化していく。

十一月の夕方五時の暗闇が吹き消され、外は抜けるような青空である。そして後方より少年が歩いてくる。少年は軍需工場の工員のカーキ色の作業服を着て、手には高村光太郎の詩集を持っている。

少年　必死にあり。
その時人きよくしてつよく、
その時こころ洋洋としてゆたかなのは
われら民族のならいである。

人は死をいそがねど
死は前方より迫る。
死を滅すの道ただ必死あるのみ。
必死は絶体絶命にして
そこに生死を絶つ。
必死は狡智の醜《しこ》をふみにじって
素朴にして当然なる大道《だいどう》をひらく。

天体は必死の　理《ことわり》によって分秒《ふんびょう》をたがえず、
窓前《そうぜん》の茶の花は葉かげに白く、
卓上の一枚の桐の葉は黄に枯れて、
天然の必死のいさぎよさを私に囁く。
安きを偸《ぬす》むものにまどいあり。
死を免れんとするものに虚勢あり。
一切を必死に委《い》するもの、
一切を現有《げんう》に於《おい》て見ざるもの、
一歩は一歩をすてて
ついに無窮《むきゅう》にいたるもの、
かくの如きもの大なり。
生まれて必死の世にあうはよきかな、
人その鍛錬によって死に勝ち、
人その極限の日常によってまことに生く。
未練をすてよ、
おもわくを恥じよ、

皮肉と駄駄とをやめよ。
そはすべて閑日月《かんじつげつ》なり。
われら現実の歴史に呼吸するもの、
いま必死の時にあいて
生死の区区《くく》たる我欲に生きんや。
心空《むな》しきもの満ち、
思い専《もっぱ》らなるもの精緻《せいち》なり。
必死の境に美はあまねく、
烈烈として芳《かん》ばしきもの、
しずもりて光をたたうるもの、
その境にただよう。

ああ必死にあり。
その時人きよくしてつよく、
その時こころ洋洋としてゆたかなのは
われら民族のならいである。

次郎　浅野君！
浅野　赤星君、君は、寮母の田口先生に、今の僕らの精神を高めるための座右の銘のようなものが無いだろうかって尋ねたらしいな。
次郎　ああ、田口先生は「雨ニモ負ケズ」という半紙のガリ版刷を持ってきて下さって、宮沢賢治が亡くなった時、遺品の手帳に書かれていたものを、詩人の高村光太郎が世に発表したものだと話して下さった。でも、「雨ニモ負ケズ」はどうも今の僕らとは波長が合わない気がするよ。光太郎のその詩の方が今の僕らにはぴったりする。
浅野　そうさ、この振り払いようのない恐怖心を癒すにはこれ以外の言葉は見つからないだろう。
次郎　ああ。
浅野　特攻隊の中に、この詩を腕のポケットに縫いつけて飛び立つ者がいるらしい。
次郎　その飛行機も、僕らが作っているんだろうか……。
浅野　これ、君にやるよ。

と詩集をさし出す。

次郎　いいのかい？
浅野　僕はもう空《そら》で言えるから。
次郎　ありがとう。
浅野　じゃあ、仕事にもどるよ。

（と去りかける）

次郎　浅野君、今日は何日だい？
浅野　え？　二十四日、十一月二十四日だろ？
次郎　……浅野君、今日はこのまま下宿に避難してくれ、必ずだ！
浅野　何言ってんだ、防空壕があるだろ。
次郎　ダメなんだ、あんなもの何の役にも立たないんだ！　十一月一日空襲警報が鳴ってB29が西から東へ悠々と飛んでったろ？　あれは偵察なんだ。そのうち本物の空襲があるってみんな言ってたろ？　それが今日なんだ。
浅野　そんな事どうして君に分かる。
次郎　分かるんだよ。僕はもう七十なんだもの。

浅野　ハハハハ。君は十七だろ。それに僕が工研生になるよう勧めてくれたのは君じゃないか。国家存亡をかけたこの戦いのさなか、個人の興味を満足させるような研究をするなんてって職場の連中がこぞって反対した中で、君だけが受験を勧めてくれたんだぜ。

次郎　君なら絶対受かると思ったんだ。君は僕らと旋盤工をやってるよりも、設計とかの研究をして、将来技術面の指導者になるべき人物だと思ったんだ。君にとってのせっかくのチャンスだと思ったから勧めたんだよ。親友だから勧めたんだ。

浅野　そうだろ？　だからこうして受かって、研究している。そんなだいじな場所を離れる訳にはいかないじゃないか。

と立ち去ろうとする。

次郎　浅野君！　僕は勧めなければ良かった。僕らと一緒にずっと働こうって言えば良かった。

浅野　赤星君、もし空襲がひどくなって高村先生のお宅の方もやられるような事があったら、君、見に行ってきてくれよ。僕はどうも現場を抜けだせそうにない……そして先生が無事かどうか、報告してくれ。約束だ。
次郎　ああ、約束は守るよ。必ず見に行く。だから、そっちに行かないでくれ！
浅野　赤星君、今日の君は少し変だよ。

と去って行く。

次郎　浅野君！

とさきほどのブルドーザーの音が空襲の音と重なり大音響となる。

午前十一時三十分。工研生の防空壕の中で彼は……生き埋めになった。死亡者五十七名負傷者七十五名。あの日から、僕らの意識が変わった。あの日までは、戦争はひとつの大きな夢にすぎなかった。小さな英雄が大きな夢を見ているようなロマンチックな感情が僕の心のどこかにあった。けれどつい目の先で親友が消えてしまったという現実は十七歳の僕の感情をまるで別なものにした。

あの日、先生も生徒も、周りの仲間のすべてが、打ち砕かれた花瓶のような、無表情をしていた。

あの日浅野君は、「必死の時」をどう過ごしたのだろう。必死の時の中で、何を思っていたのだろう。

「人は死をいそがねど
死は前方より迫る。

死を滅すの道ただ必死あるのみ。

必死は絶体絶命にして
そこに生死を絶つ。」

一九四四年十二月三日　死亡者六十名、負傷者二十一名、十二月二十七日　死亡八名、負傷四十名。

一九四五年一月七日　死亡六名、負傷八名、二月十七日　死亡八十名、負傷百十五名。

僕らは暖房のない工場で日の丸の鉢巻きをしめ、歯車を作っていた。食料不足で痩《や》せて青い顔をした僕らは、それでも十八時間の労働に耐えていた。みんなやけに目玉ばかりが大きく見えた。「誉」「疾風」「紫電改」「銀河」「彩雲」「連山」

「流星改」僕らが作ったエンジンは、そんな名前の飛行機に装着され、次々と飛び立っていっては、B29に落とされ、全滅した。それでも僕らは、作り続けた。生き続けるためにか死に続けるためにか、僕らは働いていた。

二月の下旬の夜勤に出ていた僕らの頭上にまたかまびすしい空襲警報《くうしゅうけいほう》が鳴った。軍の参謀《さんぼう》本部から工場に直接の電話が来たという。今日の空襲は今までにない規模のもので、この工場一帯をすべて焼き払うための攻撃であるらしいことが確認されたという。全員避難の命令が下った。しかし、その後職場内で会議が開かれ、工場を無人にする訳にはいかないのではないかという発言で一致した。消火点検に当たる少数の人員を決定することになった。討議は一時間続いた。

まるでいけにえを選ぶような、嫌な時間だった。その時は刻一刻と迫っていた。

全員が十七、八の少年だった。

僕は初めて人間の恥部を目のあたりにした気がした。

これが人の裸の心なのかとは思いたくなかった。これ以上この時を費やすのがたまらなかった。……僕は手をあげた。

「僕が残ります」と僕は言った。

といつの間にか工員の作業服を着ていた完治、手をあげる。

完治　あ、僕も。体が丈夫ですし、この通り敏捷《びんしょう》ですので、素早い消火作業も可能かと思います。

とやはり作業服を着た中川も手をあげる。

中川　体だけ敏捷でも、やはり必要なのは頭脳でしょう。とっさの判断力が肝心です。僕も残ります。

と同じ服装に変わった水谷もおそるおそる手をあげる。

水谷は泣いている。

水谷　僕はそんなに役に立つ自信はないのでありますが、赤星君と林田君と中川君が残るなら、残らない訳には行かないのであります。

林田　バカ！　泣くぐらいなら帰れ！

水谷　嫌だ！　残る！
林田　……勝手にしろ。
　　と三人後方の屋上にあがる。
中川　真っ暗だな……。
林田　ああ……。
水谷　静かだね。
一同　……。
水谷　怖くないか。
中川　……怖いさ。
林田　なんでこの工場ばかりやたらねらわれるのかな。
中川　軍機を作ってるんだ、当たり前だろ。しかもここではエンジンを作ってる。他の工場で機体を作ったって、ここでのエンジンを装着しなきゃ、首なしじゃないか。
林田　しかし、いつもねらいがピタリと当たる。
中川　戦前、ここの大社長は米国のカーチスライト社とダグラス社から技術のノウハウを教えて貰ってた。日米の関係が悪化していっても会社同士は仲が良かったらしいよ。
林田　へえ。
中川　それで時々ダグラス社の社長やら、米大使館武官やらがこの工場見学に来ていたらしいから、あちら側には工場内がすべてお見通しなのさ。
林田　何で知ってる？　そんな事。
中川　この前先生達が噂してるのを小耳にはさんだのさ。
林田　米国は将来の敵に軍機作りのノウハウを教えてたって訳か。
中川　しかし、まだまだ、これからって時に始まった戦争らしいよ。
水谷　ウウウ。
林田　何だ水谷。
水谷　オシッコ。
林田　早く行ってこい。
水谷　……寂しくて。
林田　しょうがないな、その辺のスミッコでやっちゃえ。
中川　ダメだよ、工場内は常に神聖であらねばならないんだから。

林田　消火活動いたしましたって言えば分からんさ。……それに……もう……消えちゃうんだから……。

中川　……そうか……そうだな……。

作業服姿でやはり少年にもどった次郎、懐中電灯を持って現われる。

次郎　どうだ、様子は？

林田　異常ありません。

次郎　よし。

中川　そっちは？

次郎　誰もいない。どこを歩いてもガランとしてる。いつもは行った事のない場所まで見回ってきたけど、本当に誰もいない。ホントに広いなあ、この工場は……。いつもは六万人も働いている工場が……。

中川　本当に俺達だけか……。

次郎　ああ、みんな帰ったんだ。

林田　着替えてくれれば良かったなあ。
中川　え？
林田　死ぬ時に、こんな格好じゃ。
中川　同じだろ、死んでしまえば。
林田　だって一生に一度だろ？
中川　当たり前だ。
水谷　酒持ってくれれば良かったなあ。
次郎　何言ってる、未成年だぞ。それにこんな非常時に酒なんて。
林田　赤星君はマジメだから知らんだろうけど、こいつ酒屋の息子だから、時々手に入るんだよ。二人でこっそりやってたんだ。消灯のあとに。
次郎　……。
中川　怒るな怒るな。今日は特別な日だもの。なんでもありだ。
林田　赤星は、酒も女も知らずに死んで行くんだなあ……。
次郎　知らない方がいいさ、良さも悪さも知らん方が夢があっていい。
中川　夢か……俺の夢は何かなあ……。
次郎　戦争に勝つ事だろう。

中川　本当にそう思ってるのか？
次郎　そうさ、そのために働いてるんだろ僕達は。そしてそのために、今、ここにいる。
中川　勝つためにか。
林田　負けたらどうする？
次郎　勝つさ。
林田　勝つために働いてるんなら、負けたらムダになる仕事ってことかなあ。
水谷　逸《そ》れるといいなあ……。
中川　え？
水谷　空襲さ。この前、曇り空の時に、神田の方に逸《そ》れた事があったろう？　たまには敵のねらいがはずれる事もあるんだもの。今日もはずれるといいなあ。
林田　ラジオつけてみよう。

と林田、屋上の真ん中にポータブルラジオを置いてつけてみる。ピーっという音がするだけである。

次郎　何のために人は生きるのかって生徒が聞いたら、それを考えるために人は生きているんですって宮沢賢治は言ったそうだ。

中川　へえ。

次郎　それを考えてる途中で、考えながら死ぬんだなあ……こんな時、信仰のある人は強いだろうね。

一同　……。

次郎　もう一度、太陽が見たかったな。

水谷　怖いよ、怖いなあ……吐きそうだ。

林田　しょうがないなあ、これ飲んでおけ。

と懐中から百草丸を出し、水筒の水をやる。

みんな次々に手を出して、完治も飲む。

水谷　にがいねえ。

林田　ガマンしろ。

みんなで屋上に寝っ転がる。

中川　なんにもすることがないなあ……。
次郎　何か考えると、くじけそうになるからね。

林田、木曽節を歌ってみる。

水谷　降りようか……。
中川　屋上が一番安全なんだ、見たろ？　一発落とされただけで、深さ五十メートル、幅五十メートルの穴があく、下に行けば行くほど被害は大きくなる。まして固いものが近くにあればなおさらだ。
林田　この前は人間まで落ちてきたしな。
中川　操縦士だろ？　あれじゃ、みんな死ぬなあ、飛行機乗りは……。
林田　水谷、お前帰れよ。落ち着かないんだよ全く。
水谷　いつあの音が聞こえるかと思うと、たまらないんだよ。
林田　バカだな、音がしたなら大丈夫なんだぞ。遠くに落ちたって事なんだもの。
水谷　ええ？

林田　直撃されたら、音は聞こえんさ、聞こえる前にオダブツだもの。
水谷　雷と一緒かあ……ピカッと光ってから良く数を数えたっけ。
次郎　……必死にあり。その時人きよくしてつよく、その時こころ洋洋としてゆたかなのはわれら民族のならいである。

一同、小声で和す。

一同　人は死をいそがねど
死は前方より迫る。
死を滅すの道ただ必死あるのみ。
必死は絶体絶命にして
そこに生死を絶つ。

一同の声に浅野の声が混じる。

必死は狡智の醜《しこ》をふみにじって

素朴にして当然なる大道《だいどう》をひらく。

次郎　浅野君……。

浅野、屋上のへりに腰を掛け詩集を開いていた。

浅野　どうでもよい事と
どうでもよくない事とある。
あらぬ事にうろたえたり、
さし置きがたい事にうかつであったり、
そういう不明はよそう。
千載《せんざい》の見とおしによる事と
今が今のつとめとがある。
それとこれとのけじめもつかず、
結局議論に終るのはよそう。
庭前《にわさき》の百合の花がにおってくる。
私はその小さい芽からの成長を知っている。

いかに営営《えいえい》たる毎日であったかを知っている。
私は最低に生きよう。
そして最高をこいねがおう。
最高とはこの天然の格律に循《したが》って、
千載の悠久の意味と、
今日の非常の意味とに目ざめた上、
われら民族のどうでもよくない一大事に
数ならぬ醜《しこ》のこの身をささげる事だ。

次郎　浅野君……。
浅野　僕はこれらの詩とともに死んだのだと思うよ。だから君は生きろよ。
次郎　……。
浅野　君が死んだら、僕は帰る場所が分からなくなるからね。
次郎　君は、僕の所に帰ってくるのかい？
浅野　僕は君を通して時代を見つめていくしかないじゃないか。太郎、次郎の仲だろう？　そして君はこれから、僕の時代を、僕を通して見るのかも知れない。こちらとそちら、遠くて近い鏡のようだね。

次郎　浅野君……。
浅野　……僕はね、もしかすると、君より幸せなのかも知れないぜ。
次郎　え？
浅野　僕は、まるで本当とは思えないようないびつな悪夢の中で死んだだろ？　でもこの悪夢は、僕にとっての現実だった。僕は真剣だった。庭前《にわさき》の百合のように、身の丈《たけ》以上でも以下でもなく、その日その日を一心に歩いていた。もちろん悔いはあるさ。少年の歳で逝ってしまうのだもの……しかし、君はどうだ？　君に未来はあるのかい？　この戦争が終ったら、君はどう生きる？
君は勝つために働くのだといった。なら、どんな国に生きたいのだ？　この先、生き抜いていく君の道のりを君は少しでも思い描いた事があるのだろうか……。ハハハハ、君は君の身の丈以上の早足で、必死に時代にしがみついて生きていくだろう。そして、この時代を決して懐かしむことはできない。僕がそうはさせないよ。君はこの戦慄の日々がまるで無駄な日々だったのではないかと思って、きっと苦しむだろうね。そうだよ赤星君、君はそのために生きるのだ。
次郎　……。

次郎、立っていられなくなる。
と、女がいつの間にか次郎の肩を抱いていた。

お母ちゃん……。

女は次郎の母トキであった。着物に縞のモンペをはいている。
トキは道子に良く似ている。

トキ　次郎、ここを離れるんじゃないよ、すぐにもどって来るからな。

トキはどこか東北地方のなまりがある。

次郎　どこ行くの？

次郎は、幼い子供に返ったようである。

トキ　太郎あんちゃんと二人で火葬場まで行ってくるから。
次郎　何しに？
トキ　焼きに行くんだよ。
次郎　何を？
トキ　父ちゃんをさ。
次郎　焼いちゃダメだ！　もったいないよ！　もったいないよ！
トキ　もったいなくないよ。小さな骨にして埋めるんだ。
次郎　おっきくて邪魔になるんなら、押し入れに入れとけばいいじゃないか！　押し入れん中ならいいだろ？　焼いちゃいやだよ！
トキ　死んだ人はね、焼いて骨にしないと腐ってしまうんだよ。みんないつかは骨になるのさ。
次郎　腐ってもいいよ、僕は父ちゃんと押し入れの中で寝るよう。
トキ　あんたどうする？

とトキ、浅野の側《そば》に座る。

次郎　お父ちゃんかい？　お父ちゃん！

と次郎、浅野のヒザに顔を埋める。浅野、次郎の頭を撫でてやる。

浅野　スマンなあ、次郎、父ちゃん、ちょっくら焼かれてくるよ。
次郎　焼いたらお父ちゃんがいなくなっちゃうよう。
浅野　太郎と仲良くするんだぞ。ケンカしちゃダメだ。太郎はあんちゃんなんだから、あんちゃんの言う事は良く聞け、それから、母ちゃん、泣かせるな。
次郎　お父ちゃん……。
浅野　じゃあな、次郎、父ちゃん、煙になって、お前の息になってやるから。

と浅野、立ちあがってトキの手を取る。トキ、浅野と抱き合う。次郎、フラフラとその場から離れて歩き始める。
と別な方角から先ほどのトキとまるで同じ服装をした、今度は陽子と良く似た顔の母親のトキが飛び出して来る。

トキ　次郎！
次郎　母ちゃん……。

　　次郎は青年になっている。

トキ　良く帰って来たなあ、ずいぶん痩せて。
次郎　母ちゃんも痩せたなあ……。
トキ　今時太ってたら非国民て言われてたさあ。ハハハハハ。
次郎　ハハハハハ、ただいま。
トキ　お帰り。
次郎　太郎あんちゃんは？
トキ　……。
次郎　まだもどらないのかい？
トキ　……八千代さんに秘密にできるかい。
次郎　なんだい？
トキ　言っちゃダメだよ八千代さんには。

次郎　言わないよ。
トキ　シベリアの収容所で。
次郎　え？
トキ　収容所の便所で。
次郎　え？
トキ　首つった……。
次郎　……。
トキ　昨日、横山のミ、ツ、グが知らせにきてくれた。やっぱり捕虜になって、一年間は一緒にいたって言ってた。
ミツグが便所の戸を開けたら、太郎が……。鼻汁もヨダレも、長ぁいつ、ら、ら、になってたって……。
次郎　……嘘だ……あんちゃんがそんなこと……。
トキ　太郎……。
　と道子のトキと抱き合っていた浅野、陽子のトキに近付いてくる。

次郎　……あんちゃんかい？
浅野　……。
次郎　嘘だよね、子供の頃からガキ大将でケンカじゃ誰にも負けたことのないすばしっこいあんちゃんが……風邪ひとつ引いた事のない頑丈なあんちゃんが……。
浅野　……ホントなんだ次郎。「生きて俘囚《ふしゆう》の恥を受けず」って言うだろ？　あんちゃん、アカに洗脳されるぐらいなら死んだ方がましだと思ったんだよ。陛下に申し訳がたたんだろう。
次郎　関係ないよ、なんだっていいさ、生きてさえいれば。生きてさえいれば……。くそうっ！　みんなみんな人殺しだ。自分で自分を殺すのも人殺しだ。あんちゃんも人殺しになったんだ。
浅野　自分だけじゃない。沢山殺したぞ。食い物も盗んだ。仕方ないんだ、なんでもかんでも現地調達の決まりだからな。泥棒と人殺し、これがあんちゃんの職業になった。
トキ　お前の体はどこにあるんだろう……指の骨のヒトカケラでも手に入らないものかねえ。
浅野　シベリアの氷の下……肉は同僚に食われちまったさ。

次郎　あんちゃん……。
浅野　母さんと、八千代を頼む。
トキ　五歳になったよ幸子。
浅野　幸子？
トキ　お前の娘だよ。
浅野　……帰らなきゃ……。
次郎　まだいいじゃないか。話したい事が沢山あるんだ。
浅野　ダメだよ、もう帰るさ、あんちゃん氷の布団に寝っ転がるよ。あんちゃんの氷がお前の目を突っつく。するとお前はきっと泣くんだね。

と立ち去ろうと後ろ向きに歩いて行く。

トキ　太郎！

とすがりつく。二人のトキが浅野にからみついている。
次郎、浅野から離れ、前に来る。

次郎　あんちゃん！

と、いつの間にか別の場所にやはり先ほどと同じ装いの母親がしゃがんでいる。今度は秋子に良く似ている。
次郎、ゆっくり側《そば》まで歩き、隣りにしゃがむ。

トキ　次郎……。
次郎　……。
トキ　やっと川がきれいになったよ。
次郎　え？
トキ　手をひたしてごらん？
次郎　……え？
トキ　この川だよ。

トキのしゃがみ込んでいたその前に川が流れているらしい。

次郎には見えていない。

次郎　家の前のあの小川かい？

トキ　そうさ……。

次郎　子供の頃はめだかが泳いでて、川の水を手ですくって飲んだりしてた。

トキ　五十年でドブ川になって、百年経ったら、またきれいになった……。

次郎　……。

トキ　人もそうだね、ガムシャラに生きてると相当周りを傷付けてる。そして自分もズイブン汚れてる。そのうち何かが抜けてきて、透明になってくる。考えるようになったからか、考えなくなったからなのか……。なんだかみんな、年を取ると……きれいになっていくね。何も始めなかった昔にもどっていくように……。

次郎　……お母ちゃん……。

トキ　お前が七十になるなんてねえ。お父ちゃんは二十四の時、太郎あんちゃんは二十六で死んだのにねえ。

次郎　ああ。

トキ　でも良かった、お母ちゃん、お前より先に死ねてさ。年寄りになったお前が生きてて、この先死んでも年寄りで死ぬんだと思うと、お母ちゃん嬉しくて。

次郎　何だって？

トキ　年寄りの気持ちは、年寄りじゃないと分かってくれないもの。……お父ちゃんも、太郎も、お母ちゃんの事ちっとも分かってないのさ。まだ若造だもん。こっちがこんなに好いてても、「分かった、分かった」って、青い口でバカにするんだ。お前がこっち来たらきっと楽しいよ。年寄り同士話が合うからね。

次郎　何言ってんだ、ハハハ。

トキ　だから、もっともっと年を取るんだ。お母ちゃん、頼りにしてるから。

次郎　僕はほんとに、年を取ったのかなあ……

トキ　取ったさ。どっから見たってじじいそのものさ。

次郎　でもね、お母ちゃん、僕はあの日、一度死んだ様な気がしてるんだ。戦争が終ってみると、それまでの事がみんな嘘になった。信じてた事がニセモノだって言う。その日まで生きてきた僕というものが、その時いなくなった。そしてね、それまでの生活の中から得たものをいっぺん沈澱させて、残った上澄みを進化させ、別な生命体を作るようにして、僕は生まれ変わったんだ。

トキ　ほんとにえらかったねえ、お前は、お母ちゃんの誇りさ。たったひとつの宝物がお前さ。

次郎　……僕は少しもきれいになんかなっていない……。生きれば生きるほど色んなものがくっついて醜くなってくる。……僕は世の中の真実というものを知ろうとして、教員になった。時代というもののナゾを解こうとしてね。価値観の推移の中で真に変わらない絶対的な真理というものが果たしてあるんだろうか、それは時代にどう反映していくものなのか。あの日、不用な棒っ切れのように捨てられた僕にも心はあったはずなのに、僕はそれを忘れようと必死だった。そして、また真面目にがむしゃらに別の人生を突き進んでみた。……そして気が付いたんだよ。結局同じように今度は五十年かけて戦っていたんじゃないかって……あの狂った五年間と同じようにね。定かな敵のいない戦争をゆっくりと繰り返していた五十年だったんじゃないかって、そう思うんだよ。

浅野を囲んで立っていた三人のトキ達、いつの間にか消えている。

そしてね、一体、何を手に入れたくて戦ってきたのだろうと考えるんだ。五十二年前も、今もね、一体僕は何をしてきた。何のための戦争なんだ……って。僕は……

僕らは何を育てた？　この現実、これを作るためか？　この現実を育てるために働いてきたんだろうか？　これは一体何なのだろう？　ここは一体どこなんだろう？　そんな風に思うんだよ。お母ちゃん。

　といつの間にかポータブルラジオの周りに集まっている中川、林田、水谷がいた。
　ラジオが敵機が富士山頂から移動し方角を変え名古屋方面に爆撃を開始したというニュースが流れる。

水谷　逸れた、逸れたぞう！
林田　やった……。
中川　良かった……。
一同　バンザーイ！　バンザーイ！　バンザーイ！

　と飛び上がり抱き合って喜ぶ。
　夜はしらじらと明けている。

水谷　中隊長殿！　助かりました！

　　次郎、水谷達の空間に入り四人で肩を組み、東の空を見つめる。

中川　太陽だ……また見られたなあ太陽……。
次郎　ああ。
林田　くそう、こんな時こそ酒を飲みたいや。
水谷　ほんとだな、乾杯したいよ。
中川　大人の歳になったら、いくらでも飲めるさ。戦争に勝ったら。
次郎　勝つさ。
中川　ああ。
林田　帰るか宿舎に。
中川　よし。

　　と三人去っていく。水谷、もどって、

水谷　赤星君、帰ろう。
次郎　うん。もう一度工場内を点検してくる。先に行ってろ。
水谷　もう平気だよ。帰ろうよ。
　と嬉しそうに笑う。そして去る。
　浅野太郎、また屋上のへりに座って詩集を開いている。
次郎　浅野君、僕は……生きるよ。
　浅野、子供のような笑顔を残し、静かに消えていく。
　別の方角から立人が現われる。
　二人、屋上に立って向き合う形になる。
立人　知らなかったよ、こんな話。
次郎　……。

立人　どうして話してくれなかったのさ。
次郎　どうしてかな……、きっと嫌だったんだ。忘れたかった。悪夢を語るのには勇気がいる。しかも現実ならなおさらだ。
立人　じゃあ、どうして話す気になったのさ。
次郎　……あの日のことがらは、本当に不用のものだったのかなと思い始めてね。
立人　え？
次郎　お前はあの戦争をどう思う。
立人　そりゃあ、無謀だったと思うさ。あの前の日中戦争で毎年七万人もの戦死者を出していたのにもかかわらず始めた戦争だろ？　あんなに広い中国を占領しようなんて方が無理でしょう。十五万人死んで五十万人の負傷者だっていうもの、ベトナム戦争より激しい戦争してたのになんでその上始める訳かねえ。しかも相手はアメリカよ。当時の国力の差って向こうは五十倍だったって書いてあったもの。冷静に考えれば負けると分かっているような戦争を始める奴はバカなんじゃないかって、正直思うけどなあ。
次郎　……。
立人　そりゃ、あちらだって悪いんだろうけどね、世界は弱肉強食で、アジアの国々はみんな植民地にされちゃってて、日本とタイだけだったっていうものね、かろうじて自分で立ってたのは。だけど何か手だてはなかったのかって思うよ。陸海軍の一部の狂った軍人達にみんな踊らされて狂わされてたんじゃないかってやっぱり思うよねえ。まだ生きてる人だっていっぱいいるだろうから、大声では言えないけどさあ。だってまだ洗脳解かれてない人、いっぱいいる訳でしょ？　そういう人達でまだ政治やってる訳でしょ？

次郎　……時が経つにつれて、どうしてもこの少年の時に返っていく。まるでなかったような、不用の時にね。どうしてだろう……。

立人　おかしいな父さん、子供の頃、父さん、僕に言ったよ。この世に不用なものはない……無駄なものなんてありゃしないのさって。人が何かを作る時、役立つ物を生み出そうとする。ある物は別なある物のために作られる。その物一つで成り立つ物はあり得ないんだってさ。無から有を生もうとする時、すでにそこにはある役割が生まれている。こうも言ったね。一見何の役にも立たないように見えるものほどバカにできないって。実用的でないものほど、大きな役割を孕《はら》んでいる場合がある。そこには見えない何かがある。思いもよらないとてつもないほどの夢がある。実はそれがだいじなんだ、ってさ。
次郎　……そんな事、言ったか……。
立人　言ったさ。小学校の頃、僕がいじめられて帰ってきた時さ。工作の宿題で一週間かけて作ったエンピツ立てメチャクチャに壊されちゃって……、父さん徹夜で手伝ってくれたよね。時間がなくて間に合わなくなっちゃって、文鎮にしちゃったんだよ。しちゃったっていうより、なっちゃったんだね。粘土まるめて色つけて、「これは何だろう」って僕が聞いたら、父さん「文鎮だろう」って言って、その時に話してくれたんだよ。
次郎　……思いつきの、ごまかしさ。
立人　あの時が初めてだった。父さんと色々話したの。いじめって言っても昔だから、今みたいに異常なものじゃなかったけど、毎日苦しくてねえ、自分はいない方がいい、消えてしまいたいって、ほんと悩んでた。あの時の父さんの話で、ちょっと勇気が出たのさ。生きる勇気みたいなもんがね。粘土のカタマリが自分に見えた。なんだ僕は文鎮だったのかってね。

次郎　そうか……。

立人　母さんが学校に行くって言った時、父さん止めたろ？　事情があるはずだって、いじめるのにも訳があるはずだ。いじめられる側よりいじめる側の方が病んでるに決まってる。いじめる奴らの方が不幸なんだって。考えろ、もっと良く考えろ、って……。

次郎　……。

立人　今でもそう思うかい？

次郎　信じてたんだなあ……人間というものを。

立人　そりゃあ、信じたいさ。……不用だと思われるものほど、大きな役割を孕んでる。そこには見えない何かがある、思いもよらないとてつもないほどの夢がある。……僕は好きだよ、父さんの言った事……。

クチャクチャの文鎮で図工の成績2に落ちちゃって……父さん怒ってたなあ、物の真価の分からぬ担任だって。ハハハ。

と工事の音が響く。

またあの音だ……。

次郎　夜を昼にする爆弾がある。あれが落ちるともうどこにも逃げようがない。すべてがむき出しのままにさらされ、すべての輪郭が露《あら》わになる。ひとつひとつの時間が束になって光るみたいに、見えなかったもの達が見えてくる一瞬がある。

まばゆい光線とともにまた音がとどろく。
中川達の声が聞こえる。

完治　僕らは死ぬだろう。
水谷　死ぬだろう……。
中川　でも、もし万が一生きのびたら、このことはただの思い出になる。そんな思い出を語る時が来るかも知れない。
次郎　ああ、でもそれは夢だ……。
中川　ああ、夢だ。
水谷　夢の中で、夢を語る夢を見るんだ……。
完治　そんな時が本当に来るなら。

次郎　また、会うんだ……。

と四人の台詞の間に、辺りは元の旅館の一室にもどっていた。老人達は卓袱台《ちゃぶだい》を囲んで、宴会の続きをやっていた。元の服装にもどっている。

陽子　終ったみたいね。
秋子　え？
陽子　工事。
秋子　ああ……六時ね、もう。
水谷　そうか、僕はまだ、宿舎に帰ってなかったのか……。
中川　え？
水谷　まだ屋上にいたんだなあ……。
一同　……。
水谷　僕は中隊長殿を待っていたんです。一緒に帰ろうと思って……。
次郎　……。

水谷　もう平気だよ、帰ろうよ赤星君。
林田　おいおい、これからじゃんじゃんやって盛り上がろうってのに。
水谷　僕は迎えに来たんだなあ……だからここに来たのかあ……迷い子になったんじゃなかったんだなあ……。
林田　お前、水谷の皮をかぶった死神じゃないんだろうな。俺はまだまだ行かんぞ。バリバリの現役なんだから。
水谷　帰らないのかい？
中川　……もう帰るとこなんてないんじゃないのかなあ……いいよね、赤星君は、家族がある。
次郎　……。
道子　やだなあ、元美青年達！　飲んで、飲んで、四人で飲むの初めてなんでしょう、せっかくだもの。あたし朝までも付き合っちゃう！
　　と注ぎ回って、林田の側《そば》に来る。
林田　おっ、来たな、来たな。立人君、ちょっと生徒さん拝借。

考え込んでいた立人、立ちあがって、次郎の側《そば》に寄り、酒を注ぐ。

立人　……。
次郎　……。
立人　……父さん……。

とケーキを持った仲居が入って来る。

仲居　ハッピバースデーツーユー、ハッピバースデーツーユー、ハッピバースデー赤星次郎さん。（とメモを読みながら）ハッピバースデーツーユー。

と入り口に立つ。

一同　……。
仲居　……。

立人　なに……。
仲居　六時に持って来るよう言われましたから。
立人　歌う事はないんじゃないですか？
仲居　歌うように書いてありますけど。

立人、立ちあがって仲居の側《そば》に寄り、メモ用紙を見る。

立人　〟ケーキを持ってきたら、歌を歌います〟

次のページをめくって、

〟から、廊下から声を掛けて下さい。内緒にしてありますので、廊下で受け取ります。〟
仲居　あら。
立人　道子！　何で二枚に渡ってメモ書くの！
道子　大きく書き過ぎて、書き切れなかったから……。

立人　書き直すんだよ、そういう時は。どうしてこんな事がきちんとできないのかね。こんな、こんな小学生でもできることを。

仲居　スミマセン。私もまさか、二枚あるとは……つい一枚目読んで緊張しちゃって、歌わなきゃ歌わなきゃって、下でずいぶん練習しちゃったもので……〝歌います〟、この〝ます〟ってとこでほんとは気が付けば良かったんです。ほんと、日本語って難しい。

次郎ガマンできずに吹き出す。
秋子も笑ってしまう。

陽子　父さん、おタンジョー日おめでとう！

秋子　おめでとう。

道子、仲居からケーキを受け取る。

道子　ええ……私には父がいません。生まれた時にはもういなかったんで、今もどこにいるのか分かりません。何だか事情があるようで、悪くて母にも聞けなかったんです。……ええ、何が言いたいのかというと……だからあ……ええとお……おとうさん……と呼べるのがとても嬉しいです。……今日皆さんとお会いできて……私が生まれて、ここに生きてるって、大変な事だったんだなって……分かりました。うまく言えないけど……ありがとう……おとうさん。

ハッピバースデーツーユー。


と道子が歌い始め、立人がローソクの火を点《つ》ける。

陽子が明りを消す。

一同、続けて歌う。拍手する一同。ろうそくの明りが次郎達の顔を少年の日の表情に変えている。

中川　無駄じゃなかったさ。今こうして酒が飲めて、こうしてここにいる。
次郎　……。
秋子　お父さん、火を吹き消さなきゃあ。
次郎　なんだか、もったいなくて……。

陽子　きれい……。
林田　静かだな。
陽子　タンジョー日に、どうしてローソクの火を吹き消すんだろう。
立人　新しい日々を迎えるためだろ？　年の分だけのローソクを立てて、火をともす。
　生きたという軌跡、過ぎた年月を確認するのさ。そして燃えつきる前に吹き消す。
　その時々をその時々のままにとどめられるように。そして、また明日が来るように。
陽子　ともされた年月……。
次郎　十年、二十年、三十年、四十年、五十年、六十年……。
道子　お義父さんの時間《とき》が光ってる。
次郎　七十年……。

と火を吹き消す。

暗闇。

どこか星空の下の屋上、浅野が詩集を開いて歩いている。そして空をあおいだ。

＊『高村光太郎全集』（筑摩書房）より「必死の時」「百合がにほふ」を引用させていただきました。

月夜の道化師

登場人物

花田青児
　春（少女）
　光男
　良子《よしこ》
　笑《えみ》
鈴木　保
神林竜子《たつこ》
緑川　信《まこと》
大野正彦
木村伸夫

雪が降っている。

少女が泣いている。少女の足元に男が倒れている。少女は男に降りかかる雪を懸命に払っているようである。


少女　死なねでけろ《(下さい)》！　死なねで！

あねちゃんは町さ子守に行ったす《(し)》。オッカ《(母ちゃん)》は工場で胸悪ぐして寝たきりだす《(だし)》。オドウ《(父ちゃん)》が死んだら、オレはどうなる！　死なねでけろ！　死なねでけろ！　オドウ！

オレも死ぬしかねえなあ……どうせ死ぬならここで死ぬ。オレもここで、オドウと一緒に雪の中で死んだ方がましだ。オレ一人になんのやんだ《（いや）》もの。さぶすい《（寂しい）》よう。せつないよう。何？　離れろて？　やんだ、オレのオドウだぞ、離さね！　オレ、オドウどこさいるう！

少し明るくなる。男の顔には白い布が被せられていて布団に寝ているのが分かる。少女、落ち着きを取り戻している。
そして、少女が、ただ少女の形をしているだけの年齢不詳の女だということが分かってくる。舞台の約束事で中年の女優が少女を演じているのか、老婆の役を若作りで演じているのか判別はつかない。

少女　オドウ。オレ東京さんぐ《（行く）》よ。工場さんぐんでね。学校さいぐんだよ。子守りもさんたて《（しなくてもいい）》いいって。金持ちの医者さ貰わってんぐんだ《（に貰われていくんだ）》。腹いっぱいまんま《（御飯）》もかせえで《（食べさせて）》貰《もろう》て、ベコ《（牛）》この世話もさんたて《（しなくてもいい）》いいんだど。お金も貰たぞ。これでオッカの病気もいぐなる《（良くなる）》な。オレ、生まれ変わるんだ。オドウも安心して空さのぼてけろ。高い高い空さよ。

途中でお経が聞こえたり、ヴィタリのシャコンヌが流れたりする。

ん？　迎えにきたて？　待ってけろ！　もうちょっとだけ。汽車さ遅れる？　分がてる。分がてっず。オレだて、オドウが骨になっどこ《（なったところ）》は見だぐねえ。んぐよ。今、行きます。

オドウ、寒いなあ。いがったな。寒いがら、オドウ腐らねできれいな顔のまんまだ。

雪、降れ降れ！　雪よ。もっと降ってけろ！

と天井から紙のかたまりがドサリと降ってくる。

「あ、バカ」と布団の中で小さい声がする。誰かが電気のスイッチを入れる。明るくなるとそこは雪の東北ではなく、一般家庭の居間である。台所のある洋室と和室のあるダイニングルーム。その和室の方に紙の雪が降っていた。

若い女（笑《えみ》）が電話の子機を持って現れる。

笑　電話。

白い布をかぶっていた男（青児）ガバと起きる。

少女　降れ！　降れ！　雪よ！　もっと降れ！

またもや天井から紙のかたまりが落ちる。青児、子機を受け取る。

青児　え？　来られない？　困るよ。子供が熱出した？　まいったなあ……。

天井から雪を降らしていた男（鈴木）が布団の上に落ちてくる。

鈴木　イテテ。もう。一人じゃ無理ですよ。音楽と照明もやってんだから。

バカ！

第一、高所恐怖症だって言ったでしょ？　嫌なんですよ、落ちるの。落ちたでしょ？　だから嫌なんだよ高いとこは、落ちるから。手に汗握って損しちゃったよ。結局落ちたんだから。

青児　聞こえただろ？　困ったなあ……。
ん、ん、そら、仕方ないけど……あ、そうしてくれる？　ん、悪いね。うん。

笑、窓の遮光カーテンを開ける。

あ、バカ。
少女（春）　あら、朝……。
笑　もうお昼よ、おばあちゃん。あらあ、雨……。
春　まあ、なんの仕たくもしてないわ。おばあちゃん、お昼なんですってよ。今すぐ支たくしますから。やだ、お豆腐買わなきゃ。
おばあちゃん、我慢出来ますか？

と布団の上の鈴木に掛け布団をかけてやる。

鈴木　できません。もう限界です。
春　やだおばあちゃん、どこ行ったのかしら。おばあちゃん、おばあちゃん。

鈴木　あんたがおばあちゃんだろ？
青児　鈴木君。
笑　やだおばあちゃん。これ私の着物。
青児　いいじゃないか、もとは春さんのだったんだから。
笑　だけどもらったんだもの。あたしのよ。
春　お返しします。
笑　えっ？
春　やっぱりこんな高価なもの。いただけませんわ、お母様。せっかくお母様が、これだけはとおっしゃって、お米にも変えずに取っておかれただいじなだいじなお着物ですもの。お返しいたします。

と春、着物を脱いでたたみ始める。中は花柄のパジャマであった。

笑　もう、おばあちゃんたら。
春　えっ？（とあくびをする）
笑　ご飯どうする？

青児　なんか取ろうか。良子さん遅くなるんだろう？
笑　うん……聞いてないけど。なんかうまいもん食いたいね。
　たまの休みだし。
青児　徹夜ですか。
笑　鈴木さんはなにがいい？
春　うなぎがいい。
一同　……。
青児　じゃあ、そうするか。

　と、子機を片手に電話帳をめくる。

笑　糖尿大丈夫？
青児　いいさ。ウナギぐらい。
鈴木　よく降るなあ……。
春　降れ！　降れ！　もっと降れ！
青児　春さん、風邪引くよ。笑ちゃん、そこのガウン。

笑　あ、

と春にガウンを着せてやる。

青児　もしもし、三丁目の花田です。ええ、小学校の裏の桜の木の……ええ。うな重四つお願いします。ひとつ白焼きで。スミマセンなあ、雨ん中。

と子機を置く。春、ベランダに出て行こうとする。

春　ダメだよ春さん。風邪引くからね。
散っちゃうから。散っちゃうよ。

青児　大丈夫、大丈夫。また咲くから。

春　咲きませんよ。一度散ったら咲くもんですか。あなた、何言ってんですか！　咲くのは別な花。別な花ですよ。散ったらもう終わり。終わりなんですよ。（と泣く）
散る桜、残る桜も散る桜。

青児　春さん……。

春、突然無表情になり、ボーっと立ち尽くしている。

一同　……。
鈴木　歌でも歌いますか？　高橋がいればなあ……。高橋来れないって？
青児　うん、緑川に連絡してくれるって。

と野球のユニホームを着たズブぬれの男（光男）が入ってくる。

光男　タオル、タオル、良子！　タオル。

笑、タオルを取ってやろうと風呂場に向かう、と、良子がバスタオルを持って出てくる。

笑　なんだいたの？

良子、光男にバスタオルを放り投げる。

光男　腹減ったなあ。
笑　ウナギ取っちゃった。
光男　なんかないの？
良子　ありません。
一同　……。
良子　追加して下さい。

青児また電話する。

青児　あっ、さっきの花田ですけど、悪いけど一つ追加して下さい。
良子　二つ。
青児　いや、二つ。二つ追加、スマンねえ。良子さん、クラス会じゃなかったんですか？

良子　行ったんですけど、帰ってきたんです。一時間ほどいたんですけど。
笑　なんかあったの？
良子　別に……。なんか、乗らなくて……。乗り切れなくて……冷めちゃって……。
光男　何言ってんだ。お茶。あ、コーヒー、コーヒー入れて。
良子　あたしだけ老けちゃって……なんでみんなあんなに若いのかしら……。
光男　厚化粧してんだろ？
良子　みんな元気で。旦那の悪口言って。幸せそう。

とコーヒーを入れようとする。

鈴木　僕、やりましょう。
光男　いいよ鈴木さん。良子、何してんだよ。
春　（歌う）待てど暮らせど来ぬ人を……。
光男　やめろよ母さん！　歌なんか、歌なんか歌ったことなかっただろ！　気味が悪いよ、よしてくれよ。
春　（歌う）宵待草のやるせなさ、今宵は月も出ぬそうな。

光男　よせって！
春　怒鳴らないで下さい。歌ぐらい歌わせて下さい。どうしてあなたは、私から何もかも取り上げるんですか？　そんなに私が嫌いなんですか？
光男　何言ってんだ！　この音痴！　母さんは音痴なんだよ、昔から。分かってんの？　だから歌わないって自分で言ったんだよ。
青児　光男君、
光男　俺だって歌いたかったよ。好きだったんだよ歌。それを「音痴、音痴」って「お前もあたしに似て音痴なんだから人前では決して歌うんじゃない！」って言ったの母さんなんだよ。俺から歌を、歌う心を奪ったのは誰でもないあんたなんだよ！
春　（歌う）待てど暮らせど来ぬ……。
光男　うるさい！　音痴！　布団かぶって枕に顔押し付けて、（歌う）真っ赤な太陽燃えている！　……って、くそう……。
笑　なにそれ。
鈴木　（歌う）真っ赤な太陽燃えている。

鈴木も相当な音痴である。

光男　違うよ、（歌う）真っ赤な太陽燃えている。

全く音が外れている。

青児　（歌う）真っ赤な太陽燃えている。

東海林太郎のような正統派の発声できれいに歌う。

良子　なんだ三橋美智也の怪傑ハリマオ？

春はテーブルにコーヒーカップを人数分置いている。

春　何にもありませんけど、どうぞ。コーヒーなんて入れたことないから味はどうかしら。ホホホ。嫁が帰って参りましたら何か作りますから。……どうぞ。

と光男に勧める。

良子　それ皮肉ですか？

光男　（思わずカップを口にして）入ってないよ。

春　おかわりですか？

光男　母さん、あれ注《つ》がなきゃ。なんだよこのカップ、洗ってないんじゃないの？

良子　あら、どこにあった？　これ、昌枝が結婚したときの引き出物だわ。

笑　マサエって？

良子　高校の同級生。お義母《かあ》さん、これどこにありました？　忘れてた。こんなのあったの。

と空箱の熨斗紙《のしがみ》をはがして懐かし気に見ている。

ふふふ。中原玄三、最初の旦那よ。伊万里焼なんてもったいない。

と普段用のジバンシーのコーヒーカップを出して用意しながら、

ハハハ、やだ、これも昌枝の引き出物だった。今の旦那の時の。やだ。

とコーヒーを注いでいる。

春　私がやりますよ。

良子　お義母さんは休んでて下さいな。ほうじ茶になさいます？

春　お客様にそんなこと。今、嫁が帰って参りますから。

良子　お義母さん！　しっかりして下さい……。

青児　良子さん。（と制して、いつもしていると思われる合図を送る）

良子　（苦しそうに）そうね、お嫁さんが帰ってきたら入れてもらうのが一番良いんでしょうけど、私もね（涙ぐんで）人様に嫁と言われる立場の者なんですの。だからお手伝いさせて下さい。

春　まあ、そうですか。私も嫁だったんですよ。寝たきりの義母《はは》を十五年も看病いたしましてね。そりゃあ苦労しました。最後まで頭だけはハッキリしてましたもんですから、ああしろこうしろうるさくて。良く気の付く頭の良い方でしたから、利かぬ体に我慢ならなくて、余計にきつく、細かくなるんですね。夜中に何度も起こされて、糠味噌かき回せだの、蚊帳を繕え、障子張り替えろと、初めは辛くて、早く死んでくれればなんて正直思いましたよ。でもねえ、元々本当に立派な方でしたから……。

お風呂に入れたり、下《しも》の世話をしているうちに、二人の間にしか分からないようなことが、絆《きずな》ってんですかねえ、そんなものがしっかりできてくるんですねえ。うるさくてもね、見えない部分はすっかり私に任せてる。開いてるんですね、何もかも。どっちがどっちに仕えてるのか、逆さにしたらおんなじようなもんでね。亡くなった時は泣きました。泣いて泣いて涙が止まらなかった。自分の本当の親が死んだ時より泣きましたねえ。

良子　そうですか……。

春　あなたいい方ですね。私のこんな話聞いてくれて。こんな話、人にするの初めてなんですよ。あなたがいい方だからですね。きっとあなたもお姑《しゅうとめ》さんで苦労なさってるんでしょうねえ。

良子　お義母さん……。（と涙ぐむ）

春　うちの嫁はダメですここだけの話。

一同　……。
春　私はぽっくり死にたいです。寝たきりになったり、ボケたりしたら、嫁が可哀想。
良子　お義母さん……。
春　親身になって看病なんかできない嫁ですから。
良子　親身になってるじゃありませんか！　毎日毎日奴隷のように働いているじゃありませんか！
春　嫁が働くのは当たり前です。
良子　……。
青児　良子さん、これは別の頭だから別の、ほんとの春さんじゃないんだからね。
良子　分かってます。分かってるけど……悔しい……。
光男　……コーヒー……。
　鈴木、あわてて中途になっていたコーヒーメーカーの器の中のコーヒーを注いで人数分をテーブルに並べる。
鈴木　光男さんブラック？

光男Vサイン。

ダメダメ。

と砂糖を一匙だけ入れてかき回して出す。

えっ？　ミルクも入れるの？　知らないよ、後で泣いても。

と光男の腹をつまむ。光男笑う。鈴木、調子に乗って光男のつまめるだけの方々の肉をつまむ。良子暗く冷めた目で二人を見つめている。

その間青児は春にほうじ茶を入れてやり、テーブルについていた笑はゆっくりコーヒーを飲んでいる。

雨音とともに、裏の小学校から「春の小川」か何かの歌が、突然聴こえてくる。春、思いつめた顔ですっくと立ち上がる。鈴木、条件反射的にカセットテープやら照明の準備を始めようとする。

青児　（小声で）違う、違う、トイレだよトイレ。

　　春トイレに消えていく。一同ホッとする。
　　ホッとしたところに雷が鳴る。一同思わず声をあげる。そしてまたテーブル
　　につく。

鈴木　また田舎の話になるかと思って。
青児　東北弁は難しいからな。死体の役になるしかないよ。
鈴木　下手な演技すると見抜かれますからね。高橋は器用だから、春さんお気に入りで。
青児　そんなこともないだろう？
鈴木　表情が違いますよ。生き生きしてきますからね、僕らの時と違って。
青児　思い過ごしだよ。
鈴木　いや、人間ボケると、どっか感覚の一部が研《と》ぎ澄まされるというか、上っ面な言葉だけの嘘が通らなくなるもんなのかな。高橋は女に優しいから……持って生まれた性格ですね。女好きはやっぱり女に評判良いですよ。春さんだって、ボケても女

ですから。
青児　もっと言葉を選んで話しなさい。ホントに失礼な奴だな。
鈴木　いや、僕、男好きなんだと思うんですよ。
青児　え？
鈴木　いや精神的にですよ。高橋なんか見てるとつくづく思いますよ。自然だもの女の扱いが。考えなくてもスーッと出来るんだものね。パッと荷物持ったり、席ゆずったり、たわいもないバカ話に相づち打ちながら笑ったりさ。嫌味なく肩に手ぇ置いたり、上目使いに甘えてみたり、いくらカウンセラーやってるからって、ありゃただの訓練だけでできるものじゃありません。本質的に女が好きなんですよ。僕はきっとあんまり好きじゃないんだなあ……。
幼児体験かなあ……恐いのかなあ……。
こうやって土、日のたんびに先生のお手伝いしてるのだって、先生が好きだからだもの……先生の役に立ちたいからだものなあ……やっぱり男が好きなんだなあ……。
一同　……。
光男　鈴木君疲れてんじゃないの？　四人も子供作った奴が考え過ぎだよ。
鈴木　僕は肉欲の話をしているんじゃないんです。

良子　女を好きな男なんているのかしら。
一同　……。
笑　パパ、着替えなくていいの？
光男　忘れてた。おい。（と良子に）

良子動かない。

おい。なんだよさっきから。明日は六時起きだ。洗って干して乾くよなあ……おい。
笑　明日も仕事ないの？
光男　試合優先だ。
鈴木　平日もやってんですか？　草野球って。誰が集まるんです？　平日の朝に。
光男　明日は床屋のチーム。あさっては美容師のチーム。しあさってはデパートのチーム。
鈴木　ああ、定休日ね。
笑　年齢制限ないの？　草野球って。
光男　おい！　着替え。

良子　ありません。
光男　え？
良子　今朝、全部洗って干しましたから。
光男　……。
良子　なんかニオウから、なんか臭くて、下着も靴下も、あなたのものは全部洗いました。

と雷。そしてベランダの窓ガラスが開いていて竜子《たつこ》が立っている。手には濡れた洗濯物を抱えている。

笑　ああびっくりした……竜子おばさん。
竜子　濡れてます。ビショビショです。これは一部です。

笑と鈴木、ベランダに置いてある傘を差して慌てて飛び出していく。

一同　……。

竜子　お風呂場でいいですね。

　と洗濯物を風呂場に置いてもどってくる。そして青児の横に座る。

竜子　（小声で）青児さん、良子さんおめかししてますね。
青児　うん、クラス会。
竜子　光男君はなんであんな……。
青児　うん、草野球。
竜子　お姉さんは？
青児　うん、お手洗い。
竜子　青児さん、コーヒーいただいていいですか？
青児　うん。
竜子　何かあったんですか？
青児　さあ……。
竜子　モゴモゴモゴ。
青児　ええ？

竜子　モゴモゴモゴ。

　と小声で何か言いながら腹の上で手を上に下に動かしている。

青児　竜ちゃん、その手はなんですか？

竜子　へへへ。

　とカーディガンのボタンを外して、青児に何か見せる。

青児　あっ！

竜子　へへへ。庭の桜の木の下に。

青児　誰かが捨ててったんだな。

竜子　欲しいでしょ。

青児　いらないよ。

竜子　可愛いいよ。

笑と鈴木、洗濯物を抱えて風呂場に入っていく。洗濯機を回す音。笑戻ってきて、

笑　ママまでボケちゃったの？

パパ。

良子、無表情に部屋から出て行く。

光男、面倒臭そうに後を追いかける。鈴木は洗濯をしてやっているらしく何やら独り言が聞こえる。

何コソコソやってんの？

竜子　へへへ。

笑　あ、可愛いい。

竜子　オスだよ。
笑　どうしたの？　これ。
竜子　桜の根元にね、ダンボールん中に。
青児　どうするかな。
笑　ちょうどいいかも。
青児　え？
笑　おばあちゃんの……。
青児　そうか……ペットセラピーか……飼うか……。
竜子　あったかい。生きてるんだね。
青児　どれ。
竜子　だめ、眠ってるから。
青児　そっとやるよ。
竜子　だめ。青児さん不器用だから。
青児　いいからよこせよ。
竜子　そっとよ、そっと。
青児　分かってるよ。んんん、グニャグニャしてる。どこをどう持ったらいいもんか…

……。気味が悪いな。もういいや。
竜子　昔もこんなことあったね。
青児　うん？
竜子　覚えてる？　トラ。
青児　トラ？
竜子　うちで飼ってたシマシマの。
青児　……。
竜子　待合室の本棚の上で昼寝してたでしょ？　南側の窓んとこ。
青児　加藤清正の虎退治の絵は覚えてる。
竜子　そう、その隣りに七宝焼きの花瓶があってその隣りよ。
青児　……。
竜子　四隅に金糸銀糸の房のついた座布団。母さんの虫に食われた江戸褄《えどづま》で、姉さんがこさえた奴。真ん中の御所車の上でいつも丸くなってたじゃない。
青児　虎の置物だろ？　虎退治の絵の隣りに洒落で置いてあったんだろ？
竜子　トラは利口だった。絶対に診察室には入らなかったもの。
青児　覚えてないなあ。

竜子　青児さん「グニャグニャしててつかみどころが無いから嫌いだ」って言ってたじゃない。青児さんうまく抱けなくて負け惜しみで言ったのよ。ホントは撫で撫でしたいくせに。猫にまで照れることないのよ。

春出てくる。大島の紬の模様を真似たようなウールの着物に白い割烹着を着ている。先ほどと違ってシャンとしている。手に叩きを持っている。

春　あら、竜子。
竜子　うん。今来たとこ。
春　今日は何にもないわよ。
竜子　やあね、食べてきたわよ。
春　あら珍しい。いつも昼時狙って来るから。
竜子　失礼ね。こっちは診察があるんだから、お昼しか出られないからよ。
春　日曜でしょ？　今日は。どっか行くとこないの？
竜子　どっかって？
春　絵画教室だの、ボランティアだのって前はよく行ってたじゃない。

竜子　だからボランティアに来てあげたんじゃないの、ねえ青児さん。
春　何のボランティア？
竜子　だから、姉さんの……あれ？　そうよ。うっかりまともに話しちゃってたわよ。忘れちゃってたわよ。しっかりして姉さん。私が誰だか分かりますか？
春　何言ってんのあんた。
竜子　あれ？
青児　帰ってきたんだ、こっちの世界に。おかえり、春さん。
竜子　え？
青児　時々霧が晴れるんだ。僕たちは、列車に乗った春さんがその窓から眺める外の景色さ。その列車は鈍行だったり急行だったり、急停車したり後戻りしたりする。遠くの山はハッキリ見えても手前の景色は飛び散る色の洪水だ。僕達はその洪水の中で溺れてる。泣いても叫んでも、春さんは遠くの山の赤い楓や鰯雲《いわしぐも》を、見ている。春さんの列車に飛び乗って一緒の座席に座ろうとしても、いつも振り落とされて洪水の中だ。
でもこうして、時々、僕らの町に途中下車してお弁当食べたりしてくれるのさ。
春　駅弁っておいしいの？

竜子　え？
春　食べたことないのよ。旅に出たことないから。
竜子　いつでも買ってきてあげるわよ、そんなもん。……旅行しましょうよ姉さん。どこがいい？　九州？　沖縄？　北海道？　あ、ハワイ、ハワイなんかいいって言うね。ニュージーランドとかも……。
春　駅弁食べに？
竜子　時間がもったいない。ね、青児さん途中下車って何分？　せっかく霧が晴れてるのに、こんなバカ話してちゃダメよ。
春　あら……。（と猫に気付く）
竜子　トラ、そうトラよ。ねえ覚えてる？　トラ。
春　光児さんが拾ってきた子猫でしょ？　うちで預かってた子猫……。母さんが猫嫌いだからって……かくまってくれって……。
竜子　そう。私より先に家にいたトラ。
春　うん。あんたが生まれる前の年よね。あの桜の木のとこに前は古井戸があって……その横に大きな猿滑《さるすべり》の木があった……。夏になると紅い花が咲いてきれいだった……。

あたしが二階の勉強部屋で算術なんかやってると、光児さんが突然窓から顔出して、猿も滑って落っこっちゃうって猿滑のてっぺんに登って太い枝にぶら下がってオランウータンの真似したりしてね。
青児　春さんも身軽だったよ。すばしっこかったねえ。裸足でスルスル登ってさ。
春　田舎じゃサルってあだ名だったもの。黒くて小さくて、駆けっこも、犬掻きも誰にも負けなかった……。
六つの時に貰われてきて、外国に来たようだった。東京弁喋れなくてみんなに馬鹿にされて。
竜子　あたし知らなかったのよ。姉さんが養女だったなんて……ほんと知らなかった。あたしが産まれた時、もう父さんは六十で、母さんは四十を過ぎてたんだものね。
春　できないと思ってあきらめて、私をもらって。そしたらあんたが……知ってるかと思ってた。
竜子　ううん、姉さんがボケて初めて知ったのよ。「死なねでけろ！　オドウ！　東京の医者さもらわれるう！」お話の世界が急に身近になっちゃってびっくりしたなあ……。

となんだか嬉しそう。

春　何それ？
竜子　何でも……。（と笑っている）
青児　登れなかったんだ。
竜子　え？
青児　兄貴と春さん、スルスルって登って太い枝に腰掛けて僕を見下ろしてた。「あがってこいよ、いい景色だぞ。ここから富士山が良く見えるぞ」って。昔の空は青かったなあ……高い建物なんか何にも無くてなあ……。ほんとに富士山が見えたんだもの。
笑　それ、山梨県の富士山？
青児　当たり前だよ。不二山とも書く位だから世界に一つしかないのです。

不二山という漢字は、どこかの壁に掛けてある黒板に青児がチョークで書く。思わず昔の習性が出たという風に。

笑　静岡県にもあるでしょ？
竜子　笑ちゃんいくつになった？
笑　二十四。
竜子　ふうん。

青児、静岡県と山梨県の地図を書き、その県境に赤いチョークで印を付ける。

何の話してたっけ？
春　トラ。
笑　ねえ、コウジって誰だっけ？
一同　……。
青児　これが静岡県でこれが山梨県ね。そしてこれが富士山。ここまでは分かりますね。
笑　なんだ、そうか……山とかあんまり興味なくて……。
青児　光児は私の双子の兄です。
笑　そうなの？
青児　そうなのって、お前のおじいちゃんだろが。

笑　ああ、おばあちゃんの旦那さんか。ごめんごめん、ちょっと勘違いしちゃって……
　どうぞ話を続けて下さい。
竜子　あんた何で二階に行かないのよ。
笑　うん、知り合い待ってんの。
青児　ええ？
笑　来るんだ神戸から。
青児　早く言いなさいよ。
笑　すぐ帰るから、気ぃ遣うような相手じゃないし。
青児　誰だよ。
笑　仕事仲間って言うのかな。
青児　神戸の？
笑　実家が神戸でね。土日で帰ったのよ。
青児　それがなんでうちに？
笑　さあ……来ればわかるでしょ？
竜子　何してる人？
笑　だからトラックの……。

竜子　その人もフリーターなの？
笑　うぅん正社員。
竜子　女の運転手って増えてるんだってね。タクシーだってそうだもんね。笑ちゃんも徹夜で事故起こしたり……ダメダメ時間が無いのよ。
春　青児さん、あたし思い切って言いたいことあるわ。姉さんにも聞いて欲しいこと。なあに？
竜子　いえ、いい。やっぱりいい。トラの話でいい。
春　やあね。言いかけてやめるなんて気持ち悪い子ね。
竜子　光児さんが猿滑《さるすべり》の根元で拾って来た猫。青児さん覚えてないって言うのよ。
春　青ちゃんは思い出したくないのよ。落っこったから。猿滑から落っこちて、そのまま真下の古井戸に落ちたから。だからお義母様がね、猿滑を切らせ古井戸を埋めました。
青児　兄貴が助けてくれたんだ。つるべを垂らして、うんうん引っ張って……。三日三晩熱にうなされて、気が付くと庭は平地になっていました。
羨ましかったんだなあ……二人の側《そば》に行きたかった……どうにか二人が並んで腰掛けてた太い枝のところまでたどり着いて……春さん笑いながら手を差し伸べる。僕は

春　恐る恐るその手を摑んで、二人の間に座ろうとしたんだな。そしたら滑った。春さん僕の右手を摑んだまま、真っ赤になって枝を抱いてた。僕は宙ぶらりんで揺れてもがいた。兄貴がやけに真剣な恐い顔をして、「じっとしてろ、騒いじゃダメだ」って言いながら、僕の手首を摑んで引き上げようとした途端、枝がメリメリと音を立てた。

六つか七つの頃だったな。

春　勉強部屋の机の引き出しの中で飼ってたのよトラ。ミルクやら鰹節やら、光児さんが運んでくれて。こっそり窓から入ってきたの、猿滑の木に登ってね。

二人だけの秘密だったの……。

青児　知らなかったなあ……。

春　だって秘密だったから。

チャイムが鳴る。

笑走る。

笑の声「ウナギ！」

笑、戻ってくる。

笑　お金……。

青児、財布から札を出す。受け取って走る笑。出前の店員とのやり取りが聞こえる。

笑、顔出して、

手伝って！

青児、玄関へ行き、笑と二人でうな重を運んで来てテーブルに並べる。その間カーディガンの上から子猫を撫でる竜子。

竜子　姉さんの好物ね。

春　もったいない。ウナギ取ったの？

笑　呼ぶ？（と二階を指す）

青児　そのうち降りてくるだろ……。

笑　鈴木さん、ウナギ来た。
鈴木　（出てきて）なんか全自動って信用できないんですよね。本当にちゃんとやってるか、側《そば》離れられないな。
笑　まだ二槽式なの？
鈴木　きれいになるとこ見たいでしょ？　この目で。なったもんから順に引き上げたいでしょう？　きれいなもんも汚いもんも一緒くたにして、同じ時間かけて洗うなんて我慢できないですよ。傷んじゃうもの洋服。選別する力磨きたいものね。味噌も糞も一緒くたじゃあ……。
笑　だから、ミソはミソ、クソはクソで洗うのよ。
鈴木　え？
笑　ミソだったら簡単洗い。クソだったら丁寧洗いで。ボタンついてるでしょ？
鈴木　ボタン？　ふん！　雨に濡れた洗濯物を再び洗い直すボタンは付いてないだろう？　洗剤ちょこっとだけにして自動ボタン押したらさ、汚れてないのに三十分だよ。所詮、機械なのさ。分かんないんだよ味噌も糞も。
青児　味噌や糞洗ったら溶けて形が無くなると思うけど……。
鈴木　味噌と糞をそのまま洗う人はいませんよ。味噌のついた服と糞の付いた服を同時

　に洗う人のことを言ってるんです。違う違う。味噌も糞も茶色か黄色で色も形も似てますよね、つまり色やら形やら、たとえ外観が似ていると言っても、考えもなく大雑把に一緒くたに扱っちゃいかんのだという……。
青児　何が言いたいんだね、君は。
鈴木　物にも人にも手をかける。情を注がにゃいかんということです。何も手洗いに戻せって言ってるんじゃありませんよ。老人ホームのおしめなんか手で洗っちゃった日にゃあ、もう死にます。場所や状況に合わせて個人が考える……知恵ですね。それぞれの知恵を発揮できるような道具を開発していかないと。みんな馬鹿になっちゃうって言いたいんです。
　便利だ便利だって、なあんも考えないで、右から左へただただ受け入れてた日にゃあどうなります？　生きた屍《しかばね》ですよ。もっと喋りたいけど、心配なんで戻ります。それ、取っといて下さいよ。（と去りかけて）あ、僕はコミュニケーションの事を言ってんです。
　コミュニケーション。これ大事にしないとボケますよ。ボケは独り言から始まるんですから。（と引っ込む）
竜子　今の独り言じゃないの？

青児　思いつきばっかり口にして、芯が無いんだよあいつは。あれで三度も自殺未遂してんだから。

笑　うそー！

青児　すぐ切れるんだよ。自分にね。だから切っちゃうんだね。自分の手首。ま、大騒ぎするから、一人で黙って静かに死ぬって事はできないから。まあ、安心と言えば安心なんだが。

わざわざ「死にます」って電話掛けて来るんだもの。タクシー飛ばして行ったよ夜中に。

「探さないでください」って紙切れがこれ見よがしに置いてあってさ。こっちも慣れてるから「そうか、探さないでかあ、じゃあそっとしておいてやろう」って大声で独《ひと》り言《ごと》言って帰る振りするんだよ。すると押入れん中から鼻をすする音がする。バッと開けると、あいつが恨めしそうな顔してこっち見て泣いてんだね。子供だよあいつは昔も今も。

春　誰です？

青児　だから、鈴木君さ、さっきの。

春　ええ？

青児　介護士の鈴木保。
春　……？
竜子　青児さん、姉さん、また乗っちゃうの？
　　二階から良子が降りてくる。なぜかセーラー服を着ている。
一同　……。
良子　違います、違いますよ。変な、アレじゃありませんから。
　　光男が追いかけてくる。笑、さっきから一人でうな重を食べていた。
光男　何だ来てたのか。
　　とうな重を食べ始める。
青児　光男君、いただきますは？

光男　腹減ってんの。
青児　みんな減ってんですよ。君がそんなだから、笑だって。
笑　いただいてまあす！
光男　金払うよ。
竜子　光《み》っちゃん、頬っぺた。真っ赤っ赤。
良子　叩いたんです。あたしが。
一同　……。

竜子ワクワクしてくる気持ちを無理に抑えようと必死である。

良子　笑、お金貸して。
笑　え？
良子　バイト料入ったんでしょ？　五万。三万でもいい。
笑　なんでよ。困るよ。
良子　今までこんなこと笑に頼んだことある？　せっぱつまってるの。分かるでしょ？
笑　分からない。

良子　娘でしょ？　あなた私の娘でしょ？　この家には私の自由になる物は一つも無い。私の持ち物は一つも無いってことが分かったの。私がこの家に嫁いで二十数年。毎日毎日磨いた家具も、私が買い揃えた食器も、靴も洋服も、目に映る全てのもの。私が愛したもの達はただの記憶に過ぎなかったってことが分かったのよ。私探したわ、私のものを。この人と言い争いながら考えた。私がこの家に持って来た物……あれから捨てずに取っといたもの……何にも無かったのよ。結婚する時は、あなた、身ひとつで来てくれればいいって私に言ったわね。そうなのよ、戦前から続いている旧家だから、全てが整っている。私をこの家に合わせることのほうが先決だった……。この制服。あったのはこれだけよ。笑が中学校の学芸会でセーラー服がいるからって、実家から送って貰ったことあったでしょ？　あんたの学校ブレザーだったから。これ、送り返すの忘れてて。後は、この人が稼いだお金で買ったものばかり。全部置いてけってこの人言ったのよ。俺の物は全部置いてけって。

光男　そりゃそうだろう、勝手に出て行くって言うんならさ。

一同　……。
竜子　良子さん、出て行くんですか？　この家を。
良子　長い間、お世話になりました。
青児　良子さん、ウナギ、まず食べよう。食べてから考えよう。
春　いただきます。
青児　いただきます。
良子　いただきます。

と鈴木がロープを持って出てくる。

鈴木　あ、いただきます。これ、部屋ん中に這わせれば全部干せると思うんだよ。フフフフフ、スミマセン。奥さん、どうしても笑っちゃいますよ。奥さんが協力してくれるのは嬉しいけど、ね、先生。笑ちゃんに、替わってもらったら？　くじ運悪いから奥さん。でも見直しましたよ奥さん。思い切ったなあ……フフフフフハハハハごめん。

良子、黙ってウナギを食べている。

竜子　姉さん、私たち、トラを見捨てたのよね。

春　……。

竜子　みんなで信州に疎開した時。トラ置いていったのよね。どうしても連れてけなかった。帰って来た時にはどこにもいなかった。もう年だったし、餓死したのねきっと……だから、あれから……戦争が終わってから、猫を見るのが辛かった……。

春　光児さんがいなくなって、トラは後を追いかけたのよ。トラは光児さんが連れてったんだわ。

竜子　姉さん、まだここにいる？　まだここにいるわね。姉さん、私を置いていかないでね。

光男　お茶。

思わず立ち上がって、また座る良子。春立ち上がってお茶の用意。

光男　良子。

良子ベランダの戸を開けて出て行こうとすると外に男が立っている。白い七つボタンの予科練の制服を着た緑川である。

悲鳴を上げる良子。振り向く一同。緑川、口をひらこうとするが止めて、持っていたカセットテープレコーダーのスイッチを入れる。テープには高橋の声が録音されていた。バックに子供の泣き声や、高橋の妻の電話を掛けている声などが入っている。


高橋の声　春さん、知覧《ちらん》の春は暖かく、もう桜が散り始めています。この手紙が本当にあなたの手元に届くのかどうか……。でも、もしこの手紙が届かなくとも、僕があなたに宛てたこの心はきっとこの四月の風に乗ってあなたの元に届くでしょう。僕は明日空に向かいます。

僕が空に向かうのはこの国の為や天皇の為じゃない。

春さん、あなたの為です。あなたが明日も生きる為に僕は行く。さようなら春さん。

でもこれは別れではない。僕はあなたの中で永遠になる。

ところで声が途切れ、高橋がカウンセリングをしている患者の声が聴こえる。
バックに気を鎮める為の癒し系の音楽も聞こえる。

患者の声　だから恐いんですね。つっこまれるのが、何か良い言葉を正しい言葉を使わなきゃいけないんじゃないかって、強迫観念症って言うんですかね、出てこなくなるんすねえ、言葉が……（と泣く）時間が無いですよね、もう、先生私は……なんでこんな職業選んじゃったのかって思われるかもしれませんが……だからこそ人の上に立ちたい目立ちたい、良く思われたい……こういう気持ちがずっと……。

緑川、テープを切って高橋の声を探す。

高橋の声　春さん、会いたかった。僕です。光児です。光男は大きくなりましたか？
患者の声　周りのみんなが、私を見ているような気になりまして、私の悪口や噂話をしているように思えるんです。秘書からファックスが届きまして、先月クビにした秘書なんですが……。
緑川　何だよ。どうなってんのこれ、もうやってらんないよ。

春　あの……あなた……。
青児　（春に）いや、これには事情があってね。
緑川　（良子に）春さん、会いたかった。僕です。僕が誰だか分かりますか？
良子　分かりません。
緑川　あれ？
青児　春さんはこっちだよ。
緑川　だってあれ？
青児　（良子のセーラー服を指して）これには事情があるんだよ。

竜子は隠れるように隅に引っ込んでいる。

鈴木　お前もういいから、このロープ張るの手伝ってくれ。
緑川　ちょっと待ってよ。こういうことやるのどれだけ勇気いったか分かる？　行けば分かる、行けば分かるって地図渡されて、こんな右翼のチンドン屋みたいな服着せられて。
春　なんですか右翼のチンドン屋って。じゃあ左翼のチンドン屋はどんな格好してんです。
緑川　いや、だから、その、毛沢東とかスターリンの、いや、違うな……。ちょっと待って下さい。日本の左翼の特徴的な制服ってあったかなあ……。
鈴木　お前ね、ぶち壊しだよ。春さんの治療に来て、春さん怒らせてどうすんの。
春　治療って？
鈴木　ほら、ぶち壊しだよ。
緑川　全然しっかりしてるじゃないか。どこがボケてんの？
春　青児さんこの人達何言ってるんです？
青児　すまんねえ春さん驚かしちゃって。こいつら私の生徒達でね。今日は日曜日なんで、その……。
春　ああ、文化祭の練習かなんか……。
青児　そう、そうなんだよ。私が演出を担当してるもんだから、その、勝手に家を使わせて貰って申し訳ない。
春　まあまあ、みなさん、何にも用意してなくって、青児さんたら早く言って下さればお稲荷さんでもこさえたのに。

と別人のように愛想が良くなり、椅子を勧めたりお茶を注ぎ回ったりする。

鈴木　あの……。
春　あなた何年生？
鈴木　僕、鈴木ですけど……。
春　鈴木君？　あなたは？
緑川　緑川です。
春　おばさんにも見せてくれるかな？　お芝居。そうだ、お茶よりコーラの方が良いわね。コーラ、コーラ、あれ？　この辺にコーラ……。一《ひと》ケース配達して貰ったばかりよね。青児さん、光男呼んで来てくれます？　もう飲んじゃったのかしら光男。
青児　春さん、光男君ならここに……。
春　あなたは？
光男　花田です。
春　あら、うちと同じ名字なんですか？
光男　そうです。
春　今日は賑やかだわ。ねえ青児さん。光男はたまにしか帰ってこないし、帰ってきたと思ったら、いつも二階でコソコソしてて……。青児さんも帰りが遅いし、あたしいつも一人でしょ？　寂しかったのよ。ほんとは……。雨が降ってると特にね……やる事ないんですもの……庭の手入れも出来ないし……洗濯だって……おばあちゃんも死んじゃって……私、何にもやる事無い……。光男がちゃんと卒業してくれて、お嫁さんでも貰ってくれて、孫の世話なんかする日が来るのかしら……。光男！　光男！　あんたコーラどこやった？　なんでいっつもコーラやビールの空き瓶持ってくの？　酒屋に持ってけばお金貰えんのよ。知ってるの？

と二階へ上がっていく。

青児　おい、あれ高橋が考えたの？
緑川　えっ？
青児　さっきのあれだよ。
緑川　そうだよ。即興で入れてたよ。時間がないって慌ててたよ。
青児　だめだよ、あんなの、あんな手紙、軍国少年が書く訳無いだろ。それに兄貴が行

　ったのは知覧《ちらん》じゃないんだよ。鹿児島の串良《くしら》なんだから。
緑川　そんなこと言われたって……。
青児　手紙ってのも変だよ。兄貴の役をやるんなら直接話せば良いんだよ。わざわざ手紙にして、しかもテープの声なんて春さんは馬鹿じゃないんだから。
緑川　だってボケてんでしょ？
青児　ボケとバカは違うんだよ。
緑川　高橋に言ってよ高橋に。説明してる暇が無いから、テープでごまかせって言われて来たんだもの。引き受けるんじゃなかったよ。ただ近所ってだけでこんな……。
鈴木　近所ってだけで？
緑川　そうだろう？　だいたい俺はね、先生に恩義なんて感じてないもの。同級会だって出た事無いし。
鈴木　何てこと言うんだよ。
緑川　お前と高橋はさ、キャンプだ植物採集だって、よく先生とつるんでたけど、俺はそんなの誘われた事も無いんだし……。
鈴木　お前、やっかんでたの？　拗《す》ねてたの？
緑川　うちの親ね、先生の事嫌ってたんだよ。体育祭で俺、蜂に刺されたことあったろ？
鈴木　蜂？
緑川　こおんな腫れちゃって熱出てさ、家じゃ死ぬかもしれないって大騒ぎでさ。その日の夜先生、「息子さんは如何ですか？」って家に来たでしょ。
青児　ああ……。
緑川　そん時、酒臭かったたって言うんだよ、母親が。息子が死ぬか生きるかって時に、酒飲んで来たってのが許せないって、親は言うのさ。
青児　飲み会があったんだな、みんなホラ頑張ったからね、終わったから、その、打ち上げみたいな儀式だよ。それ抜け出して行ってやったんじゃないか。
緑川　そればかりじゃない。蜂に刺される前に、走ったろ？　リレーでさ。転んだろ？俺、膝パックリ割れたよな。先生すぐ近くにいたのに逃げただろ。介抱しないでさ。それも見てたんだよ親は。
鈴木　ほんとですか？
青児　嫌いなんだよ昔から。
鈴木　何がです？
青児　血だよ血。決ってるじゃないか。血が好きなら医者になってるよ。

竜子　血が好きな人なんていませんよ。
青児　隣りの竜っちゃん。
緑川　どうも……。
竜子　どうも……。

と竜子また、隅に行く。

青児　医者です。
竜子　耳鼻科です。へへへ。
緑川　ああ、神林耳鼻咽喉科……。
竜子　へへへ。
緑川　息子が通ってます。蓄膿症で。手術しないとダメですかねえ。
竜子　緑川……。
緑川　正義《まさよし》です。
竜子　ああ、あのちょっと太めの眼鏡の子？
緑川　そう。

竜子　中学生になってから考えましょう。良い薬出てますから、治る場合も有りますから。
緑川　すごい音でかむんだよ。で重いのチリ紙が……あんな重いものよく鼻に詰まってるなあ……女房も悪いんですよ。あれ遺伝するんですかね。
竜子　いいえ、蓄膿症が遺伝するんじゃなくて、蓄膿症になり易い体質が遺伝するんです。でも正義君は一年生の時から通ってますから、このまま毎日来てくれれば大丈夫ですよ。
青児　ええっと……。
緑川　そう。だから俺はここにいる理由はないということなんだよ。

とお茶を飲む。

あれ？　入ってない。

良子お茶を入れる。

あ、どうも……あの。

青児　甥の嫁です。

緑川笑う。

緑川　変な家族。変な家族がウナギ食ってる。

笑、食べ終わり、どこかからダンボールを見つけてきて、ブランケットのような物を敷き、竜子と、小猫を寝かせたりしている。

鈴木　一生懸命なんだよ。みんな、一生懸命でこうなっちゃってんの。もしお前の奥さんがボケちゃったらどうする？　ある日突然だよ、お前のこと分からなくなっちゃったらどうするよ。過去と現在がごっちゃになって、昨日まで喋ってた言葉が通じなくなったらどうする？　大変なんだよ先生は……。

緑川　俺だったら俺だけでやるさ。人様を巻き込んだりしないよ。しかもあの人は先生の奥さんじゃないんだろ？　お兄さんの奥さんなんだろ？　他人じゃないか。なん

　　で先生が躍起になる訳？
青児　……。
緑川　甥の嫁ってことは、甥がいるんでしょ？　息子がさ。息子に任せなさいよ。
一同　……。
光男　あんた母親は？
緑川　いますよ実家に。
光男　実家どこ？
緑川　前は杉並だったけど今は札幌。親父の転勤でね。弟達と暮らしてますよ。
光男　元気？
緑川　ええ。病気一つしたことないな。
光男　ふうん。そら良かった。
緑川　誰ですかあなた。なんか感じ悪いな。
光男　あの人の息子。
緑川　だと思ってましたよ。普通、俺なんかがこうやって来たらですよ、スミマセンとか、お世話になります、とか言いませんかね。
鈴木　シャイなんだよシャイ、光男さんは。

緑川　こんな親父がシャイ？　紅顔の美少年ならいざ知らず。
鈴木　色々あったからだよ。今日は特別なんだよ。ね、光男さん。
緑川　仕事何やってんです？
光男　……。
鈴木　立ち入るなよ。いいじゃないか、僕らは僕らでガンバロー。
緑川　ガンバロウ？　何ガンバルんだよ。バカ。何、この淀んだ空気。俺が悪役な訳？　俺は助人頼まれたんだよな？　お願いされて来てあげたんだよね？　なんでこうなるの？　なんだよあの茶髪《ちゃぱつ》の姉ちゃんは、無視だぜ、無視。感じ悪いよなあ、この家族。わっ！　猫だ。クニャーっとしてる。死んでんじゃないの？
竜子　眠ってるんです。
緑川　あの、耳鼻科の先生……。

竜子、緑川を避けて別の隅に行く。

なんだよさっきから。

青児　竜っちゃんは対人恐怖症だから……。
緑川　だって医者でしょう？
青児　仕事となると別なんだよ。
竜子　すみません、慣れるまで待って下さい。
良子　あなた八百屋さんじゃない？
緑川　えっ？
良子　さっきから会った事あるなあって……。
緑川　駅三つ先ですよ。
良子　電車賃払っても安いから。
緑川　ああ……そんな格好してるから分からなかったなあ……いつもまとめ買いしてくれる……ああ……。
良子　笑も行ったことあるでしょう？　産地直送の新鮮で安いホラ。
緑川　宝田青果店です。
光男　宝田？
緑川　女房の実家なんで。
青児　そうか、店休んで来てくれてたのかい？

緑川　改装中なんですよ。それ知ってて高橋が……。
鈴木　この不景気に改装ねえ……。
緑川　支店も出そうかなんてね。知恵ですよ知恵。足で歩いて交渉するんです。農家も必死ですから、うちは全部国内です。
青児　すまなかったね。たまの休みに。
緑川　高橋には世話になってるから……。
鈴木　大学も一緒だったっけ？
緑川　うん。高校もね。
鈴木　文学部だろ？
緑川　悪いか？　文学部が八百屋やってちゃあ。
鈴木　愛が勝ったんだろ？
緑川　そんなきれいなもんじゃありませんよ。アルバイトしてたら面白くなっちゃって……気が付いたら子供もできちゃって……人生分からんよ。
鈴木　小説書くとか言ってたのになあ……。

玄関のチャイムが鳴る。

笑　あ、来たかな。はあい。（と出て行く）

緑川　先生、あの茶髪、やめさせないんですか？

青児　なんで？

緑川　教育者だったんだから、教育者。先生みたいな人が注意しないから、ああいう輩《やから》がのさばるんですよ。せっかくの黒髪を。

青児　何言ってんのさ今時。ただの流行《はやり》さ。

緑川　先生ほんとに戦前の人？　進駐軍とか思い出さないの？

青児　逆に戦前だからかな。慣れてるんだよ。新劇ファンだったから。茶髪も赤毛も違和感ないなあ……。

　と笑、戻ってくる。後ろから妙にニコニコした温和な感じの青年大野正彦が入って来る。光男の顔色が変わる。

笑　お客さん。

良子、狼狽する。

青児　あの……。

大野　私、サンファミリーの大野と申します。

と名刺を差し出して青児に渡す。

花田さん、やっぱりいらしたんですね。

光男　……。

大野　お迎えにあがりました。

青児　何ですか？　サンファミリー？

大野　えっ？　ご存知無いんですか？　あの東京ガスの下請けやってるんですけど……。花田さん、行きましょう。まだ間に合いますから、もう三時間も遅刻なんです。

良子　遅刻って？

大野　今、研修中で、私、花田さんの係で、マンツーマンの指導中なんですが、昨日はおいでにならなくて、私一人で一応回りましたが、あの、まだ上に報告しておりませんので、今ならまだ……。
良子　あの、主人は一体どんな仕事を？
大野　はあ……。
良子　何でも一人で決めてしまうもので、あの私達全然……。
大野　営業です。ガス器具にセンサーを取り付けまして、万一ガス漏れなどが有った場合、留守中でも警報が、私どもの会社の方に……。そうするとすぐにガスが止まりまして、私どもが点検に伺うというシステムになっています。この器具の営業を花田さんにやって貰っております。
良子　この人が営業？
大野　この一週間、まあ、正社員になれるかどうかの審査のようなものを、つまり……。
良子　あなたがチェックしてるんですね？　主人の。
大野　はあ……。
良子　で、主人の成績は？
大野　それは申し上げられません。上に報告しましてそれで採用が決りますので。
良子　何件決めました？

大野　六軒……ですか……。
良子　六軒も……うちの人が営業……。
光男　主任がやったんだよ。……もう行かないよ。
大野　辞めるんですか？
光男　辞めるよバカバカしい。
大野　……花田さん、ちょっと外で話しましょう。
光男　話す事無いよ。
大野　二人だけで話しましょう。
光男　いいって。
笑　パパ。
大野　お嬢さんですか……花田さんやっぱり外へ。大変なのは分かるんです。最初っからスムーズには行きません。みんなそうです。でも乗り切っちゃえば平気ですから。……格好悪いって思ってらっしゃるんでしょう？　みなさんの前で、私みたいなのが上司で。分かります。分かりますけど、我慢して下さい。迷いましたよ私も。家まで迎えに来るべきかどうか。でも日曜でしょ？　日曜は取れるんですよ花田さん。
良子　ほんと、申し訳ありません。わざわざ迎えにまでいらしていただいて。あなた小学生の登校拒否みたいなこと。恥ずかしいわよ。こんな熱心な方の誠意を踏みにじって。こういう方に頭を下げない方がずっと恥ずかしいわ。

光男　お前には関係ないよ。どうせ出てくんだ、俺は俺でやるんだから。

良子　やれてないじゃない。何にもやれないのよ。年ばっかりとって。プライドばっかり高くなっちゃって。格好つけてるつもりが一番格好悪いじゃない。

笑　ママだって責任あるわよ。

良子　え？

笑　今になって切れちゃうんなら、初めっから良妻賢母の振りなんてしなきゃいいのよ。パパ甘やかしたのママじゃないの。

良子　我慢してたのよ。しなきゃいけないって思ったのよ。この人が外で働く、私は家事をする。それで対等なんだと思ってたから。お互い感謝し合って、尊敬し合ってバランスが取れるって思おうとしてたのよ。結局は私の掌《てのひら》の上にこの人がいるんだって、優越感を覚えることだってありましたよ。

昔からこの人、どこか可哀想なとこあったから。なんか愛に飢えてるみたいな、寂しそうな、そんなとこ。だから私がついててあげなきゃって、尽くしてあげなきゃって、頑張ったと思うわ私。でもね、会社が潰れて、この人働かなくなって、収入無くなったでしょ？　それでもおんなじなのよ、どうして？　あなたが働いてたからこっちは色々やってあげてたんでしょ？　昔から私の方が働きたいって言っても「ダメだ家にいろ」でしょ？　人を何だと思ってるのよ。シェービングクリーム、整髪料、何あれ。自分で出したもんぐらい片付けなさいよ。洗面所の整髪料、右の棚の一番下でしょ？　入れるぐらいどうして出来ないの？　時間あるでしょ？　暇でしょ？　何でできないの？　人間じゃないわよ。お義母さんのことだってあなた何もしないじゃない……ただ怒って、怒鳴って、お義母さんだって怯えてるわ。あなた息子でしょ？　一人息子でしょ？　青児おじさんと私とでどんなに大変か……この一年……熟睡できたことなんてないわ……。

この前夜中に高速道路の入り口でやっとお義母さん見つけた時だって、あなた寝てたじゃない、ぐーぐー鼾《いびき》かいて。死んでたかもしれないのよ。高速道路よ。死ねばいいって思ってるんでしょ。自分の母親がボケちゃって格好悪いって思ってんでしょ。

光男、良子をひっぱたく。

卑怯者。力の無い者に手ぇ出して。格好悪いわよ。出てくって女に金も出せないで。お世話になりましたって手ぇついて謝りなさいよ。

光男　……。

笑　パパ、何か言いなさいよ。

光男　見つからないんだよ。

笑　えっ？

光男　言葉が……。

良子　自己否定なさい。得意だったじゃない自己否定。

大野　花田さん、ちょっと外へ。仕事の時は普通なんですよ花田さんは、ちゃんと頭下げてくれますし。敬語も、勿論私などより完璧ですし。知識も豊富で、ユーモアもあるし……。ただこの仕事に不慣れというだけで……頭切り替えるのがまだというだけですから。当然です。若くないんだから。時間かかります。私ももう何人もやってますから分かるんです。

春、現われる。コーラの空き瓶を持っている。

春　また出て行った……何の為に大学行かせたんだろう。光男が出てったんです。ヘルメット被《かぶ》って大掃除の手伝いみたいな格好した連中と、コーラの空き瓶片手に行っちゃった……。

良子　お義母さん……。

春　あんた酒屋の娘だろ？　よしとくれ、うちの子唆《そそのか》すの。知ってるんだよ。あんたんちの隣りに空き家があるだろ？　あんたんちの空き瓶、そこに運んでコソコソやってんの。この前つけてったんだもの。ガソリン臭かった。何やってんの？

笑　おばあちゃん、

春　あ、看護婦さん、あんた騙されちゃいけないよ…。変な薬盗んできてうちの子に渡したろ？　ダメだよ、あんた、あんなのただの脛《すね》かじりなんだよ。自分の頭の上のハエも追えないくせに、世の中の事なんか……働きながら学校通って親に仕送りしてるような真面目な学生さんが気の毒に思わないのかい？　真面目に勉強したい人いっぱいいるんだよ。やっと戦《いくさ》が終わったのに……どうしてまた戦わなきゃいけないの。

大野　あの……。

春　光男かい？　帰ったのかい？　ダメだよ、もう出掛けちゃ。大学の先生なんて、初めから信用しちゃ駄目だよ。あの人達は戦の間だって何にもしなかったんだから。ただただ黙って学問してたんだ。人の亭主見殺しにして学問してたのさ。沈黙は金、雄弁は銀。学問したら頭良いよね。頭が良いなら馬鹿な軍人に教えてやっても良いよねえ。アメリカがイギリスがどんな国だか皆《みんな》知ってて、知ってて黙ってた。そこの所が今でも分からない。あの時学者さんは何をしてたんだろう。戦の間は金。終わったら銀。沈黙するなら死ぬまで沈黙してればいいものを。光児さんなんか沈黙したままじゃないか。沈黙したけりゃ死ねば良かったんだ。生きてる人間は喋らなきゃ。光男、お前はきちんと喋る為に学問しておくれ。黙る為の学問ではなく喋る為の学問。喋る口のない光児さんの分も。

　青児、大野に合図を送る。

大野　わ、分かりました。も、もう出掛けません。（青児のジェスチャーを見ながら）ちゃんと卒業して……丼？　他人ではない？　親子どん？　ああ、親孝行いたします。
光男　喋ったんだよ。喋り過ぎて、声枯れるまで喋って……だからもう喋りたくない。
良子　良い声だった。内容はともかく良い声だった。
光男　内容なんか無かったんだ……だから失敗した。
良子　「大学的な知の構造そのものが階級抑圧の道具となっている。そこで職を得たりその恩恵に浴したりしている自分達の特権性こそを否定しなければならないのだ」あなたが急に畑を耕すとか言い出して、二人で行ったじゃない。お義母さんが疎開してた信州の山岡さんとこ。手取り足取りみんなに散々厄介かけて、何もできなかった。三日よ三日。三日で帰って来ちゃって。逃げ足だけは速かったわいつも。人に見られてなきゃ何にもできない。畑の真ん中でアジってたって聞いてるのはカラスと案山子《かかし》だけ。
光男　……。
良子　森君や五十嵐君どうしてるのかな。
光男　……。
鈴木　（ロープを張りながら）先生、火炎瓶てどうやって作るんです？
一同　……。

鈴木　あ、知ってる訳無いか。

青児黒板に図解していく。

青児　ビール瓶の中瓶か小瓶、またはコーラの空き瓶など、手で持って投げ易い形の空き瓶なら何でもいいんですが、これにガソリンを入れます。そこに硫酸を混ぜコルクで蓋をしっかりしめます。外側のラベルを剝がし、そのラベルを塩素酸カリウムの溶液に浸し、乾かしてからまた、貼り直します。これを投げて何かにぶつかりますね、するとその衝撃で硫酸と塩素酸カリウムが化学反応を起こし、ガソリンに点火して燃える訳です。

緑川　ほう……。

春　（歌う）待てど暮らせど来ぬ人を……。

光男　やめろって！

大野　花田さん、これ持って来ましたから着替えて下さい。

と持っていたバックからサンファミリーの制服を出す。胸に「実習生」と書かれたプレートが付いている。

光男　ロッカー開けちゃいました。スミマセン。早く行きましょう。
大野　いいんだようもう、
青児　後悔しますって……。
光男　行きなさい光男君。上司に恥をかかせるもんじゃない。
　うるさいな。親父みたいな口きくなよ。叔父さん。あんたは叔父さんなんだよ、親父じゃないんだ。
緑川　（ついつい鈴木のロープ張りを手伝っていたその手を止めて）なんか頭くんなあ……。

と光男に近寄ろうとするのを鈴木止める。

鈴木　放っとけって。甘えてんだから。
大野　とにかく二人だけで話しましょう。
光男　しつこいなあ……人を何だと思ってんだよ。

大野突然光男を殴る。

大野　実習生だよ実習生！　あんた実習生なんだよ花田さん！　前の会社でどれだけ偉かったか知らないけど、あんたは今新人以下の実習生なんだよ。こっちは高専出てからもう十年もこの仕事やってんの。その上無遅刻無欠勤。連休も夏休みも無く働いて愚痴一つこぼした事の無い、中小企業に従事する労働者の鑑だ。

一同　……。

大野、椅子に座り、映画やテレビドラマなどで、元不良の役がやるような、いかにも手慣れた大げさな仕草でポケットから煙草を出して吸う。

大野　ま、昔は傷害致死（罪）で少年鑑別所に送られた事もあるからね、あんたがぐれる気持ちも分からないじゃないけど。遅いんだよ。今頃ぐれてどうすんだよおっさん！

光男　くそう。

と大野に突撃する。それを簡単に投げ飛ばす大野。大野、少年の頃の過激な目に変わっており、誰も側に近寄れない。

光男　参った。参りました。

大野　参ってねえだろ、まだ喋れるんだから……。

光男、さっき春が持ってきたコーラの瓶を投げようとしたりする。

大野　素手で来い、素手で。そんなもんでもし血でも出てみろ。何するか分からねえぞ！

と突然春が大野に後ろから抱き付く。

春　止めて、光《こう》ちゃん止めて！

一同　……。

春　死んじゃう、青ちゃん死んじゃうわ。
大野　殺しゃしないさ。根性叩き直してやるんだ。
春　根性なんて叩いたって直らない。痛いだけよ。ただ痛くて、痛いって恨みが残るだけ。そんな事したら光《こう》ちゃん、青ちゃんに一生恨まれる。
大野　放せよ。ババア放せよ。
春　青ちゃんお父様にも毎日殴られて、その上光《こう》ちゃんまで殴ったら、青ちゃん、曲がっちゃう、曲がっちゃうよ。青ちゃん。
大野　北風と太陽って話知ってるでしょう？　厳しいだけが愛情じゃない。
北風と太陽？　大嫌いなんだよその話。ずるいだろ？　卑怯だろ？　太陽。寒いのも暑いのも大変なのには違い無いんだよ旅人にとっちゃよ。当たりの良いもんにだけへいこらしやがって、あの旅人だって根性がねえんだよ。
だいたいゲームだろ？　どっちが先に上着を脱がせるかってゲームじゃねえか。「愛」はどこにある！　北風と太陽、どっちが旅人を愛してんだよ。試していいのかよそんな事。一生懸命生きてる人間を権力争いの為の道具にしていいのかよ。
竜子　あたしもあの話には疑問を持ってました。あの教訓が意味することは一体何なのか？　あの話の主人公は一体誰なのか、謎が多いです。

緑川　相手を倒す時の戦略だろ？　ホメ殺しって奴だよ。ストレートに批判するんじゃなくて、徹底して誉める。誉めて誉めて誉めちぎる。相手は自分で勝手に脱ぎ始め、どんどん脱いで素っ裸になるだろ？　もう脱ぐもんも無くなって、自分の皮膚も剝がして臓物まで吐き出す。旅人は見えない敵と戦いながら自滅して行く。

良子　そんな話でしたっけ？　童話でしょ？　アンデルセンの。

青児　イソップです。（と黒板に向かおうとするのを）

鈴木　先生、わざわざ書かなくても、分かりますからイソップぐらいは。

青児　あそう？　紀元前六百年のギリシャの奴隷ね。

鈴木　ええ？

青児　なんだ知らんじゃないか。後に解放されたんだが。当時の圧政の中で、正論を唱えることができずに各地を放浪しながら物語を語って歩いた。譬《たと》え話に全てを託した訳だが、結局は殺されたんだね。

鈴木　「北風と太陽」で殺されたんですか……。

青児　そうなるかねえ……。言論の自由が無かった時代の話で……。

竜子　イエス様と同じですね。つまり旅人は放浪するイソップ自身で、北風と太陽は……。

光男　アメリカ軍の戦闘機の操縦マニュアルは兵士を徹底して生かすマニュアルだった。いかに上手く脱出するか、いかに死なずに戻れるか、懇切丁寧に書かれてあって、そこには太陽的発想がある。日本軍は死なせる為の、自滅させる為の北風の発想だ。それが神風だなんて笑わせるよ。
青児　誰も笑わなかった。真面目だった。滑稽なくらい真面目だったんだ。
光男　滑稽なくらいのクソ真面目。俺もそうだった。その真面目がバカ真面目が、何の役にも立たないどころか、人も死なせて自分も殺す。
良子　最終的な自己否定は死しかないんだもの。浅間山荘（事件）で目が覚めたんじゃない。とっくに私には分かってた。こんなのは革命じゃないって。スターリンは毎晩、自分が殺される妄想にうなされながら死んだらしいけど。グルジアの靴屋の息子が考えた夢と日本の酒屋の娘が考えた夢に、そんな違いは無かったはずなのよ。
笑　何言ってんの？　ママ。
良子　……。
光男　叔父さん。石油無かったんだろう？　もう日本には燃料が無かった。そんなんで近代戦をどう闘うつもりだったんだ。片道だけの燃料でわざわざ死にに行かせなくたって。もう上には分かってたはずだろ？　親父が死んだの二十年だぜ。昭和二十年の四月だぜ。

緑川　油の無い国はひどい目に遭うんだよね。昔も今も。

鈴木　アフガニスタンに油があったらねえ。サウジアラビアとは大違い。アラーの神も不公平だよなあ。

笑　特攻と自爆テロとどう違うの？

青児　バカ言うな。攻撃してくる敵に向かってぶつかって行くのと、戦う意志の無い一般人に向かうのとではな。

笑　死んじゃったら一緒じゃん。

青児　全然違う。

笑　何、ムキになってるの？　……おばあちゃん、いい加減に放してあげたら？　青児さん。

青児　……（何か別の事を考えている。光児の事である）

笑　おおおじ！（大叔父）

青児　え？

笑　おばあちゃん。

青児　春さん。光ちゃんは分かってるよ。もう僕を殴ったりしないから。

春　あ、お義父様……何でも有りません。何でも有りませんから。
青児　春さん。
春　お義父様。青ちゃんこの頃、変な咳が止らないでしょ？　一度病院に行った方が良くないかしら。元々体も丈夫な方じゃないのだし、神林の父も心配してるんです。顔色が悪いって。

大野、ダンボール箱の猫を見ている。

光ちゃん駄目よ。またいじめてんの？　トラをどうすんの？
大野　猫って案外美味《うま》いんだってな。皮を剝いで水に一晩浸して煮て食べると、河豚《ふぐ》みたいな味がするんだって？
春　青ちゃん……あなた青ちゃんなの？
青児　兄貴だよ、光児だよ。トラを食ったのは。
竜子　え？
青児　あ……。（しまった）
竜子　青児さんどういうこと？

青児　トラを拾ったのは僕だよ。そんな女みたいな事するなって怒ったのは兄貴さ。
竜子　ええ？
青児　僕は困って春さんとこ持ってってった。楽しかったな。春さんと二人だけで誰にも内緒って言って……スポイトでミルクあげたりしてね。
竜子　変だと思ってた……光児さんが捨て猫拾ってくるなんて変だと思ってた。でも姉さんがそう言ってたから……どうしてさっき言わなかったの？　姉さんがしっかりしてる時に。
青児　忘れてたのさ……もう七十年も前の事だ……。忘れようとしてたんだな。兄貴がトラを食っちまったことも。春さんに変な話聞かせたくないしね。
竜子　……。
青児　いたずら好きで乱暴な兄貴だったけど、あれはいたずらだけじゃなかったと思うんだ。そりゃ、みんなが腹が減ってたさ。でもそれで食ったんじゃない。あれは光ちゃん独特のトラへの愛情だったような気がしてくるんだ。
竜子　そんなこと……。
青児　昔兄貴がこんな事を言った。「動物は食う為に獲物を殺す。可哀想だが食う為だから仕方が無い。食わないのに殺すのは人間だけだ。食うと言うのなら俺は許す。

ただ殺す為だけの殺人は許せない」ある日トラが庭に来て、あっという間に雀を咥《くわ》えてここに、丁度その辺に上がってきた。そして羽をバタつかせ抗《あらが》っている雀が大人しくなるまで弄《なぶ》ったかと思うとスルリとどっかへ行っちゃった。兄貴は真っ赤な顔してトラを追っかけて首を摑んで雀の亡骸にトラの顔を押し付けて説教してんだよ。

竜子　説教？

青児　そ、トラに。「食えよ、食わないのかよ、あんなに玩《もてあそ》んで殺したくせにお前はどうして食わないいんだ」ってさ。だからね、君達が信州に行った頃、東京はもう焼け爛《ただ》れていたろう？　どうせこの家も今に焼ける。トラも同じ死ぬのなら俺が殺して食ってやろうってさ、光ちゃん思ったんじゃないのかなってね。僕がサナトリウムに出掛ける前日だったように思うなあ……。

　春は大野にぴったりと寄り添っている。

緑川　（大野に）これ、あんた着た方が良くないか？　そしたらもう帰るよ俺は。

大野　入院させた方がいいんじゃないの？　大変でしょ？　何でみんなここまでやるんです？

鈴木　良くなったんだよ。失禁も少なくなったし、夜中は眠るようになったし昨年より随分良くなってる。ね先生。これは僕らの努力の賜物なんです。

とロープに洗濯物を干し始めている。

笑　あ、猫が……。

猫が逃げ出して二階へ行ったようだ。

大野　捕まえてくる。

と大野追いかけて、二階へ消える。

春　……光ちゃん。光ちゃん。

と隣りに大野がいないのに気が付いて子供のように震え出し、辺りを探し始める。

青児　春さんどうしたの？

春　あたし、帰らないと……みんなみんな居なくなって探しても探しても誰もいない。あたし帰る。一人はいやよ一人は。ここには誰もいない。ここは東京？

青児　そうだよ。

春　あなたはだあれ？

青児　誰だと思う？

春　……オドウ……。

青児　うん。

春　……お義父様……。

青児　うん。

春　……光児さん……。

青児　うん。

春　……青児さん……。

青児　うん。

春　違うわね。みんなみんなもっと若いもの。こんな年寄り見た事無い。やっぱり帰るわ。ここは私の家じゃないもの。

とベランダに向かう。

とベランダの外に若者が立っている。

良子　出前の器取りに来たのかしら……玄関に回って下さい。

笑　やっと来た。

竜子　男だったの？　同僚って。

笑、ベランダの戸を開ける。

笑　遅いじゃない。

木村　ごめん。

笑　木村君。バイト先の。

　　木村入って来る。青児を見て大いに驚く。

木村　あああ！　あああああああ！

　　まさに幽霊にでも出会ったような驚き具合である。

笑　落ち着いてよ木村君。
木村　おおお！　おおおおおおお！
笑　馬鹿みたい。
木村　水、水。

　　とその辺のお茶を勝手に飲んでしまう。

やっぱりそうなのかな。まさかなあ。これは何です？

笑　洗濯物。
木村　背中がひやっとしたから余計驚いちゃって……。
一同　……。
　木村は持ってきた大きなバックから額に入った大きめの写真を取り出す。それはどう見ても青児のようであるがオールバックでモダンな服装をしている。しかも黒い縁取りがしてあり、遺影のようである。
鈴木　先生？
緑川　ちょっと違うような気も……。
木村　祖父なんです。木村源造。
　春、開いたままになっているベランダの戸から外へ出ようとしている。
青児　春さん、春さん。
春　帰らせて下さい。あねちゃんに会いたい。あねちゃんのあがぎれ治ったがなあ……。

オドウの葬式脱け出してきたままだから……。みんな心配して山狩りしてるかも知れない。

青児　春さん、もう夕方だ。明日ね。明日行くといい。

春　またそんな事言って。一度も帰らせてくれたことないくせに。その手に乗るもんか。

青児　送ってく。明日送って行くから。新幹線ですぐだから、ね。

春　夜行で行く。寝台車で行く。

青児　分かりました。そうしましょう。でもそれには条件が有ります。ここに座っていて下さい。ここで良《い》い子にしてられたら、連れてってあげます。大人しくしていられますか？

春　……。（上目使いで青児を見る）

青児　良い子だね。

春、座る。また立ち上がる。

青児　良い子とは何ですか？

春　大人しい子。言う事を聞く子。

青児　春さんは？
春　良い子。

　　と座ってじっとしている。

青児　君、これはどういうことなんだ？
木村　……それが、まだ良く分からないんですが。それで事情を聞きに、いや確かめに来たというか……。どこから話せばいいのか……。
笑　まとめてくるって言ってたじゃない。新幹線の中で箇条書きにしてくるって。
木村　全部段取りが狂っちゃったんだよ。喪服着て出たんだぜ、一張羅の喪服。その方が様《さま》になるかと思って。そしたら大雨だろ？　新幹線は遅れるし、ユニクロ探して着替えたけど更衣室に財布忘れちゃって、ケーキぐらい買おうと思ってたのにさ。
笑　いいのにそんなこと。
木村　チャイム押しても誰も出ないし。

　　チャイムの受信機の受話器が、さっきの乱闘で下にぶらさがっていた。

さっき家の周り一周したんだけど、何だか取り込んでるみたいで、きっかけつかめないし……緊張しまくりだよ。
傘買ったら突然晴れるし。

鈴木　ええ？　せっかく干し終わったのにい。

緑川　いいだろこのままで、まだ空気湿ってるから外は。

良子　いいわねえ。家でも洗濯物干したりするんですか？

鈴木　しますよ、共働きだもの。

緑川　当然でしょう。

良子、また光男を睨む。

光男　お前のせいでこうなってるの分かってんの？　うちは病院の屋上じゃないんだからな。

青児　変な事言うのよしなさい。春さんがまたどっか行っちゃうぞ。

笑　木村君。

木村　ええとですね、まず。
青児　君、悪いけど静かな声で話してくれませんか？
木村　はあ？
青児　色々事情がありまして。

　　木村、思わず青児を抱きしめる。

　な、なんだ。
木村　すみません。あんまりそっくりで、おじいちゃん子だったから僕……。
青児　静かにしてくれ。
木村　すみません。……先週エミリンと出張所に行ってあれっと思って……。
青児　出張所？
木村　区役所の。
良子　どうしてそんなとこ行くんです？
木村　だから籍入れようとして……。
一同　……。

光男　君は誰なんだ。笑、これはどういうことなんだ。
笑　だから今説明してる。
一同　……。
木村　木村伸夫です。（光男のユニホームを見て）タイガースファンですか？　嬉しいなあ、お父さんでしょ？
光男　巨人だよ。これはたまたま……続けなさい。本筋をきちんと喋れよ。
木村　そこです。何を本筋にすればいいのか、あまりに複雑で。
光男　そのノートは？
木村　だから箇条書きの……。
光男　それ見ながら順を追って話しなさい。
木村　そうですね。それがいいや。
竜子　（遠くの方から小さな声で）トラックの運転手なさってるんですか。
木村　そうです。
竜子　何年ぐらいやってんですか？
木村　まだ一年。
竜子　どうしてジャージ着てるんですか、

木村　だからユニクロで、半額だったからです。
竜子　ユニクロも頭打ちだそうですね。
光男　叔母さん黙っててよ。君何やってんの？
木村　今、聞かれた個所に×印を。だぶるといけないと思って。あの人はどなたです？
光男　母の妹。
竜子　竜子。
木村　お若いですね。まだ五十代にしか見えないな。
竜子　六十五。
光男　黙ってててって。君。
木村　はい。「まずお骨を出す」あっそうか……。

と大きなバッグから白い骨箱を出す。

写真はその次だった。

一同　……。
木村　祖父です。「亡くなった事情を話す」「自分が孤児《みなしご》になってしまった事情をかいつまんで話す」

ため息をつく。

光男　なんだ。
木村　長い話になるなあって……疲れるなあって……。
光男　かいつまむんだろ？
木村　それも疲れる作業です。
良子　さっき籍入れるって言ったわね。それは、まさか結婚したって事ですか？
木村　（ノートをめくって印をつけながら）いえ、しようとして行ったんですが、あれっ？　と思って延期にしたという事なんです。
良子　入れるって事ですか？　いずれ。
木村　できれば。あなたは？
良子　母親です。
木村　……。
良子　笑、きちんと説明しなさい。

笑　会った瞬間、ズズンと来たって言うか……今しかないって思ったのよ。
良子　ズズンと？　この人に？
笑　ホッとするって言うか、落ち着くって言うか。キュンとなってズズンとして安心。
良子　相談しなさいよ。あんた何にも言ってくれないから。
笑　オオオジにはちょっと言ってた。
良子　青児さんに？
青児　いや、好きな人がいるってぐらいだったから。
笑　結婚したいって言った。
青児　そうだったか？
笑　悔いの無いようガンバレって言った。
一同　……。
良子　ジャージとパジャマで結婚したいなんて。
光男　人の事言えるかよ。
良子　大事なことよ結婚は。

と光男を睨む。

光男　おい、そのノート見せろ。見た方が早い。

　と木村からノートを引ったくる。鈴木と緑川も光男の側に寄り三人でノートをめくる。

鈴木　パソコンでわざわざ……読み易くて助かりますね。

光男　うるさい。

　と見る見る三人の顔色が変わって行く。

緑川　えっ？

鈴木　そんな、まさか、

緑川　これは……。

光男　んんん……。

三人　……。

光男達、青児と春を交互に見つめ複雑な表情をする。

光男　ほんとなのか？　これ。
木村　おじいちゃんの遺言が正しければ。
光男　どうして早く、七年前に連絡してくれなかったんだ。
木村　だから、それはこれ。

とページを戻して指差す。

光男　んんんん。
鈴木　んんんん。
緑川　んんんん。
鈴木　入れる前で良かったたな、気が付いて。
緑川　入れれば入っちゃうからな。
木村　そうなんですよ。この辺、空襲大丈夫だったんですよね。住所が昔とあんまり変わってなくて。
こちらが花田青児さん、春さんなんですよね。
光男　うん。
木村　あの……。
光男　待て。何も言うな。帰ってくれ。
笑　パパ。
光男　お前、知ってんのか、これ。
笑　（首を横に振って）あれから会ってないから木村君と。確かめてから話すって。
光男　とにかくダメだ。結婚はダメ。
鈴木　光男さん、でもね。従兄妹《いとこ》どうしは結婚できるんですよ。孫どうしなら平気じゃないの？
光男　シッ！　畜生、頭がズキズキする。
青児　他人の空似だろ？　嘘だろ？　そんなノートなんか。
光男　なんだよ。見てもないくせに。
青児　大体想像できるよ。
光男　後でゆっくり話しますから。これを見たら正気じゃいられないよ。

青児　そんなにすごいのか？
光男　すごい。俺は呆れた。絶句した。

と言ったかと思うとテーブルに突っ伏して泣き始める。竜子そうっと光男の頭の下のノートを取って青児に渡し一緒にめくる。

良子　どうせ一人じゃ抱えきれないわよ。

良子と笑も一緒にノートを読む。木村は床にへたり込んでいる。春は良い子にしている。

鈴木　（小声で）どうしたんだ？
木村　なんか気が抜けちゃって。
緑川　詳細に書いておいて良かったな。
木村　おじいちゃんの日記から抜粋しただけだから。

とバッグから古い木箱を取り出す。

おじいちゃん死んだ時、これ抱いてたらしい。無事だったのはこれだけさ。

と木箱の蓋を開ける。

日記、遺言、あとこれ。

と一枚の写真。

緑川　ボロボロだ……。
鈴木　どっちが先生？
緑川　分からん。同《おんな》じ顔だ。さっきのあいつにちょっと似てるよな。
鈴木　あ、サンファミリーの……まだ見つからないのかね猫。
緑川　この真ん中のがおばあちゃんだろ？　面影有るよ。
木村　初めて見たんですよ僕も。おじいちゃん死んでから初めて。全然知らなかった。

父も母も何にも知らされずに死んだんです。おじいちゃん、何にも言わずに死んじゃった。ほんとに一人です僕。天涯孤独って奴。おじいちゃんも生前そう言ってたけど、嘘だった。

鈴木　戦争終わったらすぐに帰れば良かったのになあ……。

木村　だから……。

鈴木　んんん。

青児がスッと立ち上がる。一同ドキリとする。

青児黙っている。木村に近寄り写真を手にする。

写真をじっと見つめる。そして壁に掛かった鏡を見る。百面相をしてみる。

そして笑い始める。笑いは止らない。

と猫の鳴き声がする。猫の鳴き声、和室に置いてあった古い椅子の方から聞こえる。青児、椅子を見る。

辺り暗くなる。椅子がくるりとこちらを向くと、予科練の制服を着た光児が座っている。大野に似ている。

光児　おう。
青児　……光ちゃん……。
光児　久し振りだな。元気か。
青児　何言ってんだ、気取りやがって。
光児　……治ったのか……吃《ども》り……。
青児　え？
光児　もう大人だもんな。
青児　そうか……親父に殴られ過ぎて、吃りになったんだっけなあ……。
光児　学校でもよく殴られてた。
青児　遅かったから。何でも遅かった。走れば転ぶし、木登りすりゃ落ちるし、なんであんなに体が利かなかったのかなあ……。
光児　晩熟型なんだよお前は。ヒョロヒョロのガリガリだったものな。
青児　光ちゃんだってそうだったじゃないか。顔も体格もそっくりなのに、なんでああも違ったのかなあ……。
光児　親父は？　もう死んだだろうな。
青児　……とっくさ……。

光児　葬式、大変だったろう。
青児　葬式は……しなかった……。
光児　なんだって？
青児　……首を吊ったんだ……。
光児　親父が？　ハハハまさか、あの親父が？　冗談言うなよ。人は殺しても自分では死なんだろ。
青児　それが死んだんだ……。
光児　……。
青児　昭和十八年の夏。僕らは講堂に集められて親父の話を聞いたっけ。あの頃僕は受験準備で忙しかった。一高か海兵か、白線か短剣か。入試の難関を突破すれば校内に張り出されて、その合格者の数がそのまま中学校のランクになった。教師も学校の名誉として煽り立てるし、僕らも有名校に入るのに必死だった。
それがあの日からまるで事態は変わってしまった。
そりゃあ、あの頃の中等学校の生活はまるで陸軍式だったよ。国防色の制服にゲートル巻いて、帽子もほとんど戦闘帽に変えられてた。だけど十六、七の僕らにとって軍隊は程遠いものだった。「生徒の本分は勉強にある」親父だってそう言ってただろう？　それが急にあんな事。

光児「諸君はその立派な心と身体を親から受け、国から授かった。諸君はそれを将来役立てる為の夢が無限にあろうと思う。だがここで少し考えてもらいたい。我が国が古今未曽有の非常事態に立ち至っていること。そして諸君のその健やかに育ってきた心や身体が必要となってきた事を……。親の危難を、黙って見過ごす親不孝者が諸君の中にいるとは思わない。それと同じように国の危難を一人前の男として黙って見ておられる者がこの中にいるだろうか……個人的な欲望や見栄の為国の危難を見過ごせる者がいるだろうか。人間は死ぬべき時に死んでこそ、その生命に甲斐があるというもの。健全な心身を戦場で華と散らすか、畳の上で安楽死か、私は男として諸君に尋ねたい」

青児　僕は呆気に取られた。そして心臓がドクドク言って体がはち切れそうだった。親父は充血させたその目を瞑《つむ》って深呼吸すると僕らをじっと睨みつけ、今度は諭すような低い声で、

「今、予科練の志願者が募集されている。予科練が学校でない事に抵抗を感ずる者がいたとしたら、それは諸君の出世欲の為せる見栄と言えよう。国家が危機に瀕している時、諸君は何としたらよいか、何をもとに物を考えるべきか。

武士道とは死ぬ事と見つけたり、私は涙を飲んで諸君に死ねと言いたい」
方々から泣き声が聞こえていた。そしてまだ声変わりもして無いような黄色い声が「五年生は全員志願しよう」そう言うのが聞こえた。
光児　思い出したよ、その後お前が叫んだんだ。
青児　「明治維新の折、その功績も名も知られずに死んで行った若者が何人いると思う。明治維新はその無名の若人達の死によって達成された。今こそ、我々若人の起《た》つ時が来た。やろう。そして共に死のう」
光児　驚いたよ、誰でもないお前が、お前があんな事……。
青児　本気だった。本当にそう思ったんだ。
光児　お前は飛行機に乗りたかったんだろ？
赤ん坊の頃オヤジに連れられて行った、銀座松屋の屋上のツェッペリンを見てから腹の下がムズムズしてくるって言ってたじゃないか。子供の夢で志願したのかと思ってたよ。
青児　勿論、空を飛びたい夢はあったさ。無邪気な少年の夢も確かだった。だけど、親父があの桜の木で首を吊ったってお袋に聞いた時、あの日の事を思い出した。そうだ……。

　僕も親父の仲間だった……人殺しの仲間だったってね。
光児　人殺し？
青児　親父はね、親父はあの演説で志願した生徒達が特攻で死ぬ度に……。
光児　何だ？
青児　その度に、自分の体を……。
光児　え？
青児　まず手の指を切った。
光児　おい……。
青児　一本、二本、三本と……左手、右手それでも足らずに、次は耳だ……。
光児　まさか……。
青児　親父はね、あんな事を言ったけど……まさか本当に自分の教え子達が、あんな若さで戦場に行って散ってしまうなんて、考えていなかったんだ。
光児　狂ってる……。
青児　正気だったとお袋が言ってた。だから止められなかったと……。苦しんで苦しんで、夜はうなされ、昼は震えていたって。指を切った時だけ静かになったから、止められなかったと。

光児　狂ってるよ。
青児　どっちが狂ってるのか……。
光児　え？
青児　親父と、親父と同じ事をして、ついこの前まで普通に生きてきた教育者達とね。
　そして僕、この僕のこと……。
光児　仕方無いさ。病気だったんだ……。
青児　戦争が終わっても光ちゃんが帰って来なかった時、親父はあそこで首を吊った……。
光児　お袋は？
青児　生きてやるって。私は生きて罪を償うと。あの人みたいに弱くないからって……。
　そう言った。
　この話は誰も知らない。僕がサナトリウムにいる間、親父は退職していて、この家には親父とお袋の二人だけが暮らしてた。春さん達は信州に疎開してた。光ちゃんが帰ってきた時、誰もいないと可哀想だからってお袋の手紙にあったけど、きっと二人は死ぬ気だったんだ……。
敵の空襲で、光ちゃんと心中する気だったんだ。

光児　親父のこと誰にも話さずにお前は死んで行くのかい？
青児　うん……誰にも話さない……。バカな親父とあの世で会った時、話さなかったと言うよ。
光児　……俺は働きたかった……お前みたいに成績も良くなかったし、学校なんて行く気がしなかった。
青児　どうして志願したんだ？　光ちゃんは行く事無かったろ？
光児　……。
青児　僕が入院したからだろ？　代わりに行ったんだろ？
光児　……あの親父だったからね。どちらか行かなきゃ面子《メンツ》がね。仕方ないさ。言ったろ？　俺は絶対死なないって。俺はお前と違う。絶対生きて帰って来る。
青児　確かに光ちゃんはそう言った。「俺はすばしっこいからな、死んだりしないよ」サナトリウムの屋上で、光ちゃん笑ってた。僕は感染《うつ》ると思ったから、感染しちゃいけないと思って、屋上の入り口で遠くから光ちゃんを見てただけだった。洗濯物が風に揺れて、光ちゃんの白い歯が光って見えた。美しい……と思った。光ちゃんを初めて美しいと……。そして本当はそこにいるのは僕のはずだった。

本当は僕が……。

いつの間にか竜子がいた。

竜子　青児さん、猫と何話してるの？

青児　え？

竜子　この猫、さっきより大きくなったみたい。気のせいかしら。

青児　……。

竜子　脱走なんて、光児さんらしいわね。しかも誰にも分からなかった。すごいわ光児さん。あんな時代にどうしてそんな事できたんだろう。片道の燃料で沖縄に飛ばずに下関に行っちゃったんでしょう？　知ってたのね光児さんはもうすぐ戦争が終わる事。
下関の農家を騙して働かせて貰って、東京出て、焼け跡で変な男の口車に乗って北海道で炭坑夫。
戦争が終わったのも知らないで働いてたら年格好の同じ親しい仲間が死んだんで、入れ替わって……天涯孤独って聞いてたからちょうど良かったって……。

炭坑から脱け出すのは苦労したらしいけど、神戸まで行って、パチンコ屋でしょう？　叩き上げの社長に気に入られて支店を出させて貰って、とうとう東灘区で大きなパチンコ屋のオーナーになっちゃった。かいつまんでるから細かい事は分からないけど、まるで小説ね。戦後のドサクサだから出来たんでしょうね。こんな事。そして阪神大震災で死んじゃった……。木村源蔵のままで、誰にも言わずに死んじゃった……。

青児　……。

竜子　バカよね、私達、ほんとバカ……。

青児　……。

竜子　どうせなら、知らない方が良かったね。何で光児さんあんな遺書書いたんだろう。死んだら東京の花田家にって……。何考えてたんだろう……。奥さんはパチンコ店の従業員だった人……学は無いけど良く働く無口な……。

ノートを開いて、

三男一女をもうけたが、長男はボート遊びの最中に海で事故死。次男が店を継ぐ。三男も同区に支店を出す。長女は独身を通し店の切り盛りをしていた。一九九五年一月十六日は源造夫妻の結婚記念日であった為、家族全員が集まり源造宅で祝宴が開かれていた。築四十年の木造二階建ての家はその年の春、マンションに改築の予定だった。

青児　五十年……五十年って長いのかなあ……五十年間黙ってる……。僕には出来ただろうか……。

竜子　青児さん、自分の事考えよう？　ね、私達もう自分の事を考えていいはずよ。青児さん、女の体って触わった事ある？

青児　え？

竜子　何言い出すんだって顔ね。そう、何から言えばいいのか、私も混乱してる。姉さんが正気の時に言いたかった。でももう姉さんは途中下車しないでしょう？　しない方が良いと思う。姉さんには知らせたくないもの、光児さんの事。ボケてて良かったわ姉さん。私なら耐えられない。耐えられないものこんな事。

青児　春さんなら、良かったって、生きてて良かったって思うさ。

竜子　……青児さんは、青児さんは、まだ私より、あんなボケ老人の方が好きなんですか？

青児　竜ちゃん……。

竜子　何に義理立てしてるんです？　光児さんは大金持ちになって、四人も子供作って、毎晩酒盛りしてたのよ。毎晩かどうか知らないけど。若い衆集めて、酒注げ！　これは祝儀だ！　なんてえばりくさって自慢話してたに違いないわよ。青児さんは？　青児さんはどうなの？　結核療養所からトボトボ帰って来て、自力で学校入って、母親と、姉さんと光男の面倒見ながら学校と職場を往復してさ。遊んだ事なんて無いじゃない。結婚もしなかった。自分の子供も作れなかった。私はずっと見てた、ずっと見てました。

青児　……。

竜子　結婚しよう。一緒になろうよ青児さん。私、今日はそれを言いに来た。私達、いつ神に召されてもおかしくないそんな年よ。だからよ。だから言いに来たの。私、もう五十七年間も、あなたが好きです。

青児　……。

猫が鳴く。椅子が回ると、学徒動員の女学生の服装をした笑が座っている。
室内の洗濯物がサナトリウムの屋上の洗濯物に見える。

青児　春さん……。
笑　きれいね。海が見えるのねここは。
青児　感染るよ。……良く来られたな。
笑　直接会って話したかったの……。電車が不通になって、歩いて来たわ。
青児　危ないよ。よく独りで……。
笑　ゴム工場脱け出して来たの。退屈な仕事よ。毎日毎日同じ事。鋏でチョキチョキゴムのへりを切るの。機雷の角に被せるんだって。
青児　僕だけだなあ……こんな所で横になって……。
笑　父がね、もう危ないから信州に行こうって、
青児　それがいい。
笑　それで今日はお別れを言いに来ました。
青児　わざわざかい？
笑　お別れ、これには意味が有るの。

青児　え？
笑　青児さんと私は今日からただのお友達になりましょうと言いに来たの。
青児　何だって？
笑　……子供が出来たんです。
青児　……どういう事だい……。
笑　私、青児さんだと思ったんです。闇《くら》がりだったから……二階の窓からいつもみたいに入って来たから……私、青児さんだと思ったのよ。だから……。
青児　……兄貴が……。
笑　……光児さんの子供です。
青児　春さん、僕がそんな事君にすると思ってたのかい？　変だよ春さんは……。
笑　……青児さんが好きだったから。卒業したら一緒になろうって青児さん言ったから。
青児　ああ言ったさ。本気だよ僕は。
笑　それが出来なくなったので、こうして来たんです。昨日、土浦に行って光児さんに報告しました。私達、結婚致しました。
青児　何だって？
笑　ですから、もうお別れです。

青児　……。
笑　何か言って、青児さん、怒らないの？　青児さん。
　　と言って青児に抱き付こうとする。青児それを力一杯に振り切る。
青児　感染ったらどうするんだ。来ちゃいけない、もうここに来ちゃいけない。
　　笑、ゆっくりと光児（大野）に近づく。二人激しく抱き合ったまま椅子の中に消えて行く。猫が鳴く。
青児　……。
　　と「青児さん」と声がして、別な場所に春が立っている。三十代か四十代の春らしい。洗濯物を取り込んでいる。
春　あたしもう、こんな生活、疲れました。

青児、春を手伝い一緒に取り込む。

青児　私、青児さんが思ってるほど強い女じゃないんです。……時には誰かに甘えたい。分かりますか？　こんな気持ち。

春　……。

青児　青児さんはどうして、この家にいるんです？

春　え？

青児　悪いと思ったけど、葉書見てしまいました。同僚の方でしょう？　女の先生でしょう？

春　「駅のホームでずっと待ってました。でも来て下さらなかった。ファウストへメフィストより」って。わざわざ葉書にしたのは、私が見るかも知れないって思ったからよね。先方は、誤解してるのよ私達の事。そりゃあ、変に思うわ。事情を知らない人は青児さんが光男の父親だって思ってる。青児さんが私の夫だと。

……私が出て行った方がいいですか？　おばあちゃんも亡くなったし、私、働きに出られるもの。アパートでも借りて……その方がいいんじゃないかしら。青児さん、その人と一緒になりなさい。そのメフィストと。

青児　……迷惑って事かい？　思ってもみなかった……春さんは僕の事が迷惑なんだね。

春　……そんなこと……違います。済まないから、申し訳ないから……本当は恐い。何考えてるのか分からない。

……復讐ですか？

青児　え？

春　あたしと光児さんへの復讐ですか？

青児　なに言ってるんだ。

春　だったらあたしは、青児さんにとって、何なんです？　私は一体誰なんです？

青児　春さん……。春さん僕は……。

辺り明るくなる。青児の隣に竜子が立っている。

春は消えている。

竜子　竜子よ私、竜子です。

いつの間にか、大野と緑川、服を取り替えていた。

緑川　やっぱりこの服は君に譲るよ。
鈴木　状況が変わっても続けるんですよね、先生。高橋呼んで、飲みましょうよ。ヤケ酒です、ヤケ酒。酒飲んで晴らすしかないよ。

青児、大野に殴り掛かる。大野、驚いて呆然となり、青児に殴られ続ける。鈴木と緑川、我に返って青児を止める。青児泣いている。そんな青児を光男じっと見詰めている。

良子　あら、おばあちゃんが……。
木村　さっき庭の方に。エミリンが追いかけてったから大丈夫です。

大野、予科練の制服を脱ぎながらベランダの方に行き、

大野　もう暗くなってらあ……花田さん、いいんですね。俺もうこんな事やってらんないから……。
良子　あなた。
光男　明日、明日必ず行きますから。明日謝りますから。
鈴木　先生、満月です。やけにきれいです。
青児　兄貴が出撃した日の夜も満月だったなあ……。
緑川　脱走した日でしょ？
木村　日記によればこの写真を胸の内ポケットに縫い付けて出撃したそうです。あの、僕泊まってって良いですか？　エミリンと一緒になったら、ここに住んじゃダメですかね。僕ほんと、独りなんです。好きなんです、集団生活。
鈴木　君は脱走したんだろ？　集団生活から。
木村　はあ……バチが当たったと思ってますから。あんな殺人集団で拷問受けながら修行して、ほんとバカでした。今でも記憶の一部がすっかり抜け落ちてますから。じゃなきゃ、直ぐ来てますよ。人の所為《せい》にする訳じゃないけど、最初に集会に連れてったの担任の先生ですからね。みんなでその場で入信しちゃって。好きな先生だったからそれで。

緑川　よく脱走できたな。

木村　死ぬつもりでした。いつか殺されると思ってましたから。友達、修行中に死にましたから。

光男　あ、こんな事……すみません。まだエミリンにも言ってないのに。言わないようにしてたんです。先入観で見られちゃうから。何で喋ったのかな。

叔父さん言ったよな。俺が小学生の時「親父は死んだんだろ？」って聞いたら、叔父さん言ったよな。「光ちゃんのお父さんはね、ハリマオになったんだよ。インドネシアの独立の為に戦って、今もジャングルで正義の為に戦ってるんだ」って。日本に帰ってこれないのは、悪がまだまだ蔓延《はびこ》ってるからだ」って。僕はテレビの前にかじりついて、お父ちゃん、お父ちゃんって叫んだよ。だから歌いたかった歌いたかったんだハリマオの歌。

嘘だったじゃないか、嘘だったんだよ。ハリマオは昭和十七年にマラリアで死んだんだ。叔父さん何であんな事言ったんだ。

青児　……生きてて欲しかったと思ったからさ。僕が行くはずだった戦争で光ちゃんが死んだと思うと、光男君が……光男君が……。

光男　生きてたんだよ、生きてたんだよ、これが正義の味方の骨なんだよ。なんで黙って……なんで俺達の事……。
青児　僕には分かる。分かるよ。光ちゃんは僕らを大事に思った。だから帰れなかったんだ……。あの頃の事は……あの頃は、不思議な時代だった。自分が自分で無くなるような不思議な時代だったんだ……。
鈴木　特攻の日に脱走した人なんて誰もいませんよ。そんな事の出来る状況じゃ無かった筈だもの。事故で墜落して捕虜になって苦しんだ人は居たみたいだけど。
青児　兄貴は、光ちゃんは特別なんだ……昔から特別だった。たった一人の特別な兄貴……。
光男　美しくない。ずるいじゃないか。
青児　死んだ者も、生きた者も、長い戦争を戦った事は同じさ。生き残った僕らは、死んだ者の分も今日のこの日までずっとずっと戦ってきた。静かな戦争をね。いつ終わるんだろう、いつになったら楽になるんだろうなあ……。ねえ、光ちゃん……。

と骨壺を見る。

笑、戻ってくる。

笑　おばあちゃんが動かないの、桜の木の下から動かないのよ。待ってるって、ここで光児さん待ってるって。

青児、立ち上がる。

青児　僕が行かなきゃ、僕が側《そば》にいないとダメなんだなあ春さんは。

と穏やかな顔になっている。

竜子　青児さん、私まだ返事聞いてない。青児さん。
青児　竜っちゃん、いい月夜だ。もしかするとね、兄貴が帰って来るかも知れないよ。どうも僕は、兄貴が死んだ気がしなくてね。僕を殴りに帰って来るような気がしてるんだ。
竜子　青児さん……。
青児　竜っちゃんは何年生になったんだ？　英語の授業が増えて良かったなあ……。

光男　叔父さん、叔父さん、

青児　おじさんにおじさんなんて言われたくないなあ、何だ君は。

光男　いやですよ、叔父さんまでボケちゃ。やめて下さい叔父さん。叔父さん行っちゃいやです。この世界に居て下さい。叔父さんまでおかしくなったら僕はどうなるんです。

鈴木　先生、しっかりして下さいよ！　でないと僕、手首切っちゃうよ！　先生には責任がある。僕らを育てた責任がある。僕は放しませんよ、先生を！　甘えさせて下さい。良くやったって頭撫でて下さいよ。行っちゃダメだ、行っちゃダメだよ。僕が許しません。

光男　謝ります。謝りますから今までの事。帰って来て下さい。（お骨に）こんな親父は親父じゃない。叔父さんですよ、僕の親父は。呼ばせて下さい。呼ばせて欲しかった。

お父さん……お父さん。お父さん！

　青児、大野が脱いだ制服を手にとって静かに眺めている。

笑、青児を後ろからゆっくり抱きしめる。

青児　いい月だな……。

と着ていた服を脱ぎ始める。
舞台は庭に変化する。
桜の木の下に喪服を着た春が座っている。そしてゆっくりとお弁当を食べている。
桜の花弁が散っている。春、お茶を飲んで咳払いする。

春　（歌う）待てど暮らせど来ぬ人の宵待草のやるせなさ、今宵は月も出ぬそうな。
あら、ふふふ出てるわ。満月。

とまた、食べようとする。
と青児が現れる。予科練の制服を着て、白く化粧した青児である。

青児　春さん、ただいま。

春　光児さん、光児さん……。

音楽。

青児が踊り、春が踊る。

二人踊る。

途中、春、青児の腕の中で微笑みながら動かなくなる。春を抱きしめ、なおも踊る青児。

満月。

喪服を着て傘を差した家族が桜の木を取り囲んでいる。青児踊り続けている。

参考文献

「予科練甲十三期生」　高塚篤　原書房
「ある予科練の青春と死」　米田佐代子　花伝社
「昭雄」　渡辺和子　信山社
「ホタル帰る」　赤羽礼子・石井宏　草思社
「翔べなかった予科練生」　伊勢田達也　あすなろ社
「太平洋戦争と英文学者」　宮崎芳三　研究社出版
「八月十五日の空」　秦郁彦　文藝春秋
「百合樹の蔭に過ぎた日」　日本女子大学校附属高等女学校45回生西組の記録
「海軍伏龍特攻隊」　門奈鷹一郎　光人社ＮＦ文庫
「新聞にみる東京都女子挺身隊の記録」　齋藤勉　のんぶる舎
「石油技術者たちの太平洋戦争」　石井正紀　光人社ＮＦ文庫
「オウムと全共闘」　小浜逸郎　草思社
「討論　三島由紀夫VS東大全共闘」　新潮社
「忘れても、しあわせ」　小菅もと子　日本評論社

「ある日突然、妻が痴ほう症になった」　内藤聰　大和書房
「ボケの原因を探る」　黒田洋一郎　岩波新書
他

この他に、特攻隊、天山隊遺族会の方々にご協力いただきました。深くお礼申し上げます。

時代に橋を架ける

（ジャーナリスト）

筑紫哲也

みなさんはどうされているのだろうか。

クラシック、ポップス、オペラ、ミュージカル、ダンス。そして諸々の演劇で、それぞれが工夫をこらしたプログラム、パンフレットを作ってくれる。

内容が充実、豪華なものも多いし、自分が出かけた「記念」として取って置きたいと思う。それでなくとも、私はものを捨てるのが苦手である。で、貯まる一方。

捨て難い理由のひとつは、そこに収録されている解説やエッセイになかなか良いものがあり、文字通り「捨て難い」内容だからである。

たとえば――ここに収められている渡辺えり子さんの「光る時間《とき》」が演劇集団「円」

によって再演された時のパンフレットには次のような一文が載っている。

「和解」の時間《とき》

私は長年の渡辺えり子ファンだが、その魅力の源は、「作・演出・出演」の三位一体に在ると思ってきた。だから時おり、前の二つに力を注ぎすぎて出番の少ない演し物を観ると、楽屋に出かけてご本人に「役者のえり子さんを観せろ」と苦情をいったこともある。

そういうわけだから、「作」だけ、しかも他の劇団のために書いた作品に通常なら食指は動かなかったろうと思う。

初演の劇場は、私にとってはそう便利な場所でもなかった。

それでも足を運んだのは、ある種の予感と感慨があったからである。渡辺えり子という才能とその軌跡がとうとうそういう方向に手を伸ばすところまで来たのか。どれ、今までとはちがうどんなことをやるのか観てみよう、という気持である。

えり子さんたちの世代、とくに若者小演劇と呼ばれた領域に集まった人たちには、「大人」なかでも父親たちの世代との「断絶」と、時には求めて「対決」しようとする気分が濃厚にあった。個人的には、その気負いのようなものが私は好きだった。

その彼女が、父親たちの世代と時代に手をさしのべ、「理解」と「和解」を試みたのが「光る時間」という作品だと私は勝手に解釈した。

そして、それは期待にたがわず、見事なできであった。

帰り際、「円」の人に私は言った。

「もったいない作品だから、なるだけ早く、なるだけもっと大きい劇場でまた演って下さいね」

こんなに早く、それが実現するとは思わなかった。


若者小演劇、なかでもえり子さんたちが属すると見られてきた第三世代のことは追い追い語るとして、各人、各集団の個性を超えてそこに共通していたのは「何デモアリ」の精神、気風だったと思う。

登場人物や時代の設定がくるくると変わっていくのは日常茶飯のことだし、〝だまし絵〟的手法も駆使される。

その気分に私もここで〝悪ノリ〟しているのがおわかりだろうか。

紹介した一文を書いたのはだれか、と言えば私なのである。それを「捨て難い」などと悪ふざけしながら引用しているのだ。

悪ノリ、悪ふざけついでに「毒食らわば皿まで」の悪あがきをすれば、枚数制限なしに長々と書く演劇論よりも「簡にして要を得る」ことが求められる、パンフレット、プログラムなどの一文のほうがエッセンスが短かく凝縮されていることもあるのだ。さすがに私の駄文がそうだ、とまでは言わないが。

私はそのなかで「断絶」とか「対決」とか、かなりおどろおどろしい表現を用いているが、当人たちはそういうことを剥き出しにして、そういうことを目的に据えて演劇活動をやっていたわけではない。自分たちがやりたいことを追求していたにすぎない、と彼らは言うだろう。だが、それをはたで見ていた私には、少なくとも三つのことに張り合おうとしているか、その存在を意識しているのが見てとれたのも事実なのだ。

ひとつは既成演劇とその作法への対抗意識。「スタニスラフスキーなんて知らないよ」と、とくに新劇的な世界への嫌悪感をあらわにしていた。

もうひとつは、第三世代と呼ばれる彼らが抱いていた「先代」たちとの差異感。小演劇ということで何かと言えば較べられることにコンプレックスもあったと思うが、それとは別のものを創って見せる、というバネにもなっていた。

そして、そういうことをふくめて大人たちが形成している諸々の仕組み総体への違和感と抵抗感がその底に在った。

実は、私自身が若者小演劇に熱中するきっかけにも、この最後の部分が関係している。一九七〇年初めの全共闘運動を最後にして、この国の政治アリーナから若者たちは姿を消した。その後に無気力、無感動、無関心の「三無世代」と呼ばれる、政治や社会どころか「外部」への関心を失なったとされる若者の時代が続いた。だが、私はこの若者論の定式に疑念を抱いていた。

いつの時代にも、大人たちの作った既成秩序、既成観念に疑問と対抗心を持つ若者は一定数存在するはずだし、なかで「血のたぎる」運動好きも一定数いるはずだ。それが政治から退場したとしても、そのエネルギーはどこかで方向を変えて動いているのではないか。

そういう「若者探し」の果てに私が辿り着いたのが彼らであった。渡辺えり子ワールドに取り憑かれるきっかけでもあった。

世代間の断絶、対決はえり子さんにとっては切実な個人的事情であった時期がある。小学校の先生である父親は、演劇などは人間の価値のない、はみ出し者がやることだと猛反対し、「娘はもういないものだと思ってくれ」とそれをふり切って山形から上京したといういきさつがあった。

私は何度か、その父上やご家族の方に楽屋などでお会いしたことがある。

昔風に言えば勘当した娘だが、やはり気になって出張の折りに娘には黙って公演をのぞいたら、若い観客たちの礼儀正しさに驚いた。以来、娘のやっていることへの評価を変えたのだという。

私はむしろ、その観客たちを狭い小屋に詰め込んだり、履物の世話をしている団員たちに感心していた。そういう「縁の下の力持ち」（今の若者にはこのことばは通じないが）をふくむ若者たちの熱気に「昔なら学生運動をやっていたかもしれない若者がここにいる」と思ったのだ。


そういう親子の個人的和解は別にして、えり子さんも他の第三、第四世代の人たちも、ひたすら前のめりに疾走し続けていた。それは快いみものだった。

後《うしろ》を振り返ればよい、などと私は一向に思わなかった。が、いつか自分たちの親の世代が生きた戦中、戦後と今とを重ね合わせる時が彼らにもやって来るだろうという予感もないではなかった。それはそれで楽しみなことだと、ゆったりと待っている気分だった。だから「光る時間《とき》」が上演される時、私は出かけたのである。

その後に続いた「月夜の道化師」とともに、えり子さんはあの戦争による人の心の傷口、そして平和をこの二作で描きたかったというが、なかでも「光る時間《とき》」は父上が体験した実話を父上に取材して書いた。

本書収録を機会に私はこの二作を観るのではなく読んだのだが、よく書けていると思うだけでなく、その後、現在までに起きていることとの対比で感慨もある。

この間、世の中が急カーブを切って右旋回したというだけでなく、この二作品が取り上げているようなテーマや出来事を〝特殊化〟する傾向が、とくに若い世代を中心に強まっている。戦中、戦後に前の世代が経験したことにあまりにもとらわれすぎていて、彼らがトラウマを抱えたまま現在、将来のことを考えすぎている、という見方である。

ではそういう〝特殊体験〟のない世代は何を根拠に同じテーマ（たとえば平和や戦争や憲法など）に立ち向かうのだろうか。

自分たちは充分に賢く、曇りのない理性を持ち、まちがいのない判断を下せると思っているのかもしれないが、私のような旧世代から見ると、そういう自己過信こそ危ないような気がする。

不毛な世代対立の間に橋を架けられるのは、世代を超えて人が持ちうる感性、想像力でしかないのではないか。その豊かさを示すのが渡辺えり子のような表現者の役割なのである。

最後に蛇足をひとつ。

前述の駄文の最後で「なるだけもっと大きい劇場でまた演って下さいね」と私は言っている。あたかも「大きな劇場」が手放しで良いと思っているかのようだ。なるべく多くの人に「光る時間《とき》」を観てもらいたいという気持が思わず、そういう表現になったのだろうが、若者小演劇に入れ込んだ者が大劇場主義者であるはずはない。この一年間を思い浮かべても、いちばん記憶に残る愉悦の観劇体験は渡辺えり子作・演出の「夢ノかたち」だが、それが演じられたのは新宿に近い洋裁学校の〝大教室〟（白萩ホール、二〇〇六年八月）だった。指呼《しこ》の間《かん》の舞台から観客に汗や水がとんでくる濃密な空間だった。

初演記録

「光る時間《とき》」

一九九七年十一月　演劇集団円公演　シアターX
演出＝岸田良二
装置＝島次郎、照明＝小笠原純、音響＝深川定次
出演＝柳川慶子、平野稔、野村昇史、草野裕、山口真司、福井裕子、佐々木睦、込山順子、元井須美子、石井英明

「月夜の道化師」

二〇〇二年五月　文学座公演　紀伊國屋ホール
演出＝鵜山仁
装置＝石井強司、照明＝金英秀、音響＝望月勲
出演＝金内喜久夫、外山誠二、清水明彦、瀬戸口郁、大場泰正、助川嘉隆、神保共子、南一恵、山本道子、栗田桃子

本書収録作品の無断上演を禁じます。上演ご希望の場合は、「劇団名」「劇団プロフィール」「プロであるかアマチュアであるか」「公演日時と回数」「劇場キャパシティ」「有料か無料か」を明記のうえ、〈早川書房ハヤカワ演劇文庫編集部〉宛てお問い合わせください。

本書は、演劇集団円「光る時間《とき》」上演台本と、《悲劇喜劇》二〇〇二年七月号掲載の「月夜の道化師」を文庫化したものです。

本書では作品の性質、時代背景を考慮し、現在では使われていない表現を使用している箇所があります。ご了承ください。

ニール・サイモンI

おかしな二人

The Odd Couple

酒井洋子訳

今日もまた、オスカーの散らかし放題の家にポーカー仲間が集まった。そこへ仲間の一人フィリックスが妻に逃げられたとしょげて現われた。自殺騒ぎの末、やもめ暮らしのオスカー宅で同居することに。以来、掃除に料理と重宝この上ない。が、次第にフィリックスの潔癖症の一挙手一投足が気に障りだし……。ブロードウェイの喜劇王が放つ、軽妙なユーモア満載の傑作戯曲。

ハヤカワ演劇文庫

ジャン・アヌイI

ひばり

L'Alouette

岩切正一郎訳

裁判が始まり、一人の娘の生涯が演じられる。無邪気な農家の娘ジャンヌは祖国を救えという再三の〈声〉に立ち上がる。屈強な兵士を巧みに説得、軍勢を率いてオルレアンを英国軍の攻囲から解放し、王太子をシャルル七世として戴冠させた。だが、悪魔に従う異端者と裁かれ、一度は屈した彼女は……。自らの運命を選び、凛々しく気高く生きぬいた人間の姿を描く不朽の名作

壊れた風景／象

別役　実Ⅰ

食物から蓄音器まで揃ったピクニックの場に通りがかった他人同士。不在の主に遠慮していたはずが、ついひとつまみから大宴会へ。無責任な集団心理を衝き笑いを誘う快作「壊れた風景」。病身を晒して注目されることでしか自己の存在価値を見出せぬ男とそれを嫌悪する男。孤独と不安に耐え静かな生活を死守しようとする人間を描き、演劇界に衝撃を与えた初期代表作「象」。

ハヤカワ演劇文庫

屋根裏／みみず

坂手洋二 I

狭く閉ざされた「屋根裏キット」を使い人は危険な現実から身を守る。不登校やひきこもりの子供、張り込みの刑事、新撰組の動きを探る素浪人。山では避難小屋、戦場では防空壕に。だが自殺や監禁を引き起こすとして屋根裏は発売禁止に……世界一小さな舞台空間を変幻自在に発展させ、毒と笑いを盛込み人間の孤独を鋭く映し取る読売文学賞受賞の傑作「屋根裏」他一篇。